# 在阴影中
# 向太阳奔跑


[德] 尼采——著 六六——译

FRIEDRICH WILHELM NIETZSCHE

北京时代华文书局

图书在版编目（CIP）数据

在阴影中向太阳奔跑 /（德）尼采著 ； 六六译. -- 北京 ： 北京时代华文书局，2020.6

（轻经典系列 / 陈丽杰主编）

ISBN 978-7-5699-3674-2

Ⅰ. ①在… Ⅱ. ①尼… ②六… Ⅲ. ①随笔－作品集－德国－近代 Ⅳ. ①I516.64

中国版本图书馆 CIP 数据核字（2020）第 061222 号

**轻经典系列**

QING JINGDIAN XILIE

# 在阴影中向太阳奔跑

ZAI YINYING ZHONG XIANG TAIYANG BENPAO

著　　者 | [ 德 ] 尼采
译　　者 | 六　六

出 版 人 | 陈　涛
选题策划 | 陈丽杰
责任编辑 | 袁思远
执行编辑 | 仇云卉
责任校对 | 张彦翔
封面设计 | 艾墨淇
版式设计 | 段文辉
责任印制 | 訾　敬

出版发行 | 北京时代华文书局 http://www.bjsdsj.com.cn
北京市东城区安定门外大街 138 号皇城国际大厦 A 座 8 楼
邮编：100011　电话：010－64267955　64267677
印　　刷 | 河北京平诚乾印刷有限公司　010－60247905
（如发现印装质量问题，请与印刷厂联系调换）
开　　本 | 880mm×1230mm　1/32　印　　张 | 6　字　　数 | 180 千字
版　　次 | 2021 年 6 月第 1 版　印　　次 | 2021 年 6 月第 1 次印刷
书　　号 | ISBN 978-7-5699-3674-2
定　　价 | 42.00 元

# 目录　CONTENTS


随笔卷/ *001*

沿着智慧之路昂首阔步前进。

诗歌卷/ *079*

我该如何顺利地到达山顶？

——放弃思考，专注攀登！

箴言卷/ *149*

达到自己理想的人，
也就因此而超越了理想。

附录/ *165*

生平与评价

# 随笔卷

沿着智慧之路昂首阔步前进。

# 女 人 的 独 立 性

女人应该在自己独立的基础上去开导男人，以此让他们看穿“女人的本来面目”，这是一种进步，却也是欧洲最广泛化最低劣的进步。因为，必须要把那些白痴的女人科学和自我剖析的图谋，统统暴露在光天化日之下！由于害羞的原因，女人可以编织很多借口；在女人身上，遍是不切实际、浅薄无知、平庸俗气、琐屑骄矜、放肆无礼、轻浮的特征，人们研究最多的只是女人和儿童之间的关系。截至目前，究其根本，女人是因为害怕男人，导致被赶回家门，更被套上干活的笼头。命真苦！——假如女人有胆子将“身上的永恒无聊”表露出来；假如女人将自己的智慧和技巧——即妩媚、游乐、宽心、快乐、轻浮等荒废；如果女人毫无原则地把自己对惬意欲望的伶俐雅致置之不理，如今，女人们扯开了嗓门，在神圣的阿里斯托芬那里恐吓于人！这让医生觉得她们是病态的人。但就算这样，女人不就是想从男人那里得到些东西。不过女人就要为此研究科学，成为科学界的人了，这难道不是以最恶劣的审美角度为出发点的吗？庆幸的是，对于男人的东西、本事已经解释得很清楚，从而，人们便“不用对别人说了”。

最后，人们就能够对所有女人任意谈论“女人”的任何东西了，并且还保有一种善意的怀疑——女人应不应该解释自身呢？答案是肯定的……要是一个女人并没有为此对自己精心装扮，显而易见，我认为，女人永远有打扮自己的本能，不是吗？那么，这么说，女人就是想激起对自己的恐惧——没准女人就是要成为主宰，从而达到自己的统治目的。但是，真理并不是女人的目标，他们之间毫无瓜葛！一开始，世界上任何东西都不会使女人感到比真理更加陌生、更矛盾、更敌意重重，而女人最伟大的技艺是欺骗，最大的本事则是肉体和美貌。

我们必须得承认，男人们：我们对这种技艺和拥有这种本事的女人十分敬重和喜爱，因为，我们就是为女人而感到困惑的男人，我们喜欢与轻松相伴，所以，我们这种困惑和深沉好像是一种白痴行径。最后，我想问一个问题：会不会有一天，女人自动认识到自己脑中本有深沉以及心中自有正义？大致说来，“截至目前，女人最多只是自取其辱，但是她们又根本承认，这难道不是事实吗？”——男人的想法是，女人不要因为启蒙而不断地丢脸，这与照顾男人和关怀女人是一样的。当教会颁布命令时，女人在教会事务中一定要保持沉默！拿破仑曾经心悦诚服地向斯塔尔夫人说：女人应该在政治事务中保持沉默，这大概是为了更好地利用女人——我认为，作为正派女人的朋友，今天拿破仑要向女人高呼：和自己有关的事女人都该保持沉默！

软弱的种属，除了在我们这个时代，大概不会再有受到男人的礼遇的其他时代——这是民主主义嗜好和审美的特征之一，就像对老人的不恭敬。可是这种礼遇马上被滥用到各个领域，这有什么可诧异的呢？人们要让自己越来越丰富，越丰富越好，同时人们还在学习如何提出要求，但是最终，人们发现这种礼遇的关键之处好像发生了病变。于是，人们宁愿选择为了权利而厮杀，因为，这本来就是斗争。够了！女人已经完全把羞耻之心置之度外。要是我们迅速靠向女人，那么女人的审美也会消失殆尽。虽然女人已经忘记了对男人的恐惧，但是，这种“忘记恐惧的”女人，她最能体现女性特征的本能也随之同归于尽。如果说，男人不在自我评价中变成熟，那么女人就会大胆地出来闹事。

确实如此，这理解起来也不难；但是这样一来，让人难以理解的却是女人在蜕变。到了现在，这样的事情真的发生了。但是我们千万不要上当！所有被工业精神战胜了的地方——军事和贵族精神已经一败涂地，为了成为工人，女人此刻正在所需的经济和法律上的独立奋斗着；因为作为工人的女人，必须站在逐渐形成的现代社会的入口。所以，如果女人霸占了新的权力，争取成为它的“主人”，并且在她们的旗帜上写下女人和进步，这便以令人瞠目结舌的明确性实现了倒行逆施，这是因为，女人杀回来了。自法国大革命以来，随着女人们在权力和要求上的与日俱增，女人对欧洲的影响力逐渐渺小了。但是“女性解放”，由于它是女人自身——不只是由于男性的愚蠢——所需要和支持的，所以在女性本能日益增加的弱化和钝化过程中，它就成了最能体现这种变化的奇特象征。在这场解放运动中，它也表示了“愚蠢”，而且还是一种类似于阳性的愚蠢。

一个受过良好教育——并且聪明的女人——应该一点儿也不会为此羞愧。人们有种最基本的在土地上能够稳操胜券的嗅觉，这种女人已经丧失了；对原生技艺的练习也逐渐松懈；人们还不许她们走在男人的前面，甚至希望她们可以“进入书里”。在那里，人们可以使自己进入到一种有修养、优雅、狡狯、恭敬、屈从的氛围；男人有一种信仰，即在女人面前表现成隐蔽，本质与理想不符，这应以无耻的道德加以抑制；对某种具有永恒性和必然性的女性，也会加以信仰；女人可以一字一句、没完没了地劝说男人，但男人对待女人，却应该像对待温柔驯服、野性桀骜、好玩有趣的宠物似的，拥有她、照顾她、关怀她、珍爱她；动作笨拙缓慢地，怒气冲冲地，搜集努力制度和农奴制度。到目前为止，这是女人在社会制度中天生的并现实拥有的东西，不过好像奴隶社会中就有两种反证，没有成为一种高级文化的条件，也没有成为其提高的条件。

如果说这不是女性本能的破裂，也不是女性化，那么这一切作何解释？当然，男人这种有学问的笨驴，大多拥有十分荒唐、败坏的女性友人，他们劝告女人，你们这么非女性化，什么行为愚蠢就去模仿什么吧。另一方面，欧洲的“男人”，欧洲的“男人味”都得了这种病——他们想要把女人拖过去接受“普及教育”，或是直接拖过去读报纸，让他们成为政治化的女人。人们从女人中搜索着，希望能出现自由主义者和文化人：好像不会有女人对既深邃又不信神的男人抱有虔诚之心，大概它并非某种完全的叛逆者或者可笑的东西。人们常常用最病态、最危险的音乐，败坏自己的神经——是我们德意志最新式的音乐，并使这种音乐每天都为其最初以及最后的职业所生出的孩子疯狂地不堪重负；人们甚至希望有更多的“练习”，并且正如人们所说，利用文化把“软弱的种属”强化，历史好像正在被一群急于教导别人的人修习和弱化，也就是意志力的弱化、分解和生病，这些往往都是互相依附的。

世界上最有影响力的那些女性——当然，拿破仑的母亲也在此列，她们最该感谢这种意志力——而不是教师！——使她们真正拥有了权力，以及凌驾于男人之上的优势。在女人身上注入的那些尊敬，以及大量的令人恐惧的东西，就是女人的天性，比男人的更加“自然”的天性。女人具有随机应变的特长，这种特长纯粹、凶狠、狡猾、阴险，而且她们手套下面竟然还隐藏着猛兽般的利爪；女人的天真都是自私的，不仅不该去教育，而且还捉摸不定，内在的狂野、欲望、美德、淫荡……在这种无比恐惧的状态下，面对这种美丽而阴险的“女人”所产生的同情，已经明确地把女人视为某种弱小的动物，从而展现出不能缺爱、不能受苦、娇滴滴，但是这种同情注定是令人失望的。

到现在，男人们仍然以恐惧和同情对待女人，总是毫无理智地一脚踏进让人痛彻心扉的悲剧中，因为他们认为悲剧可以使人兴奋。这到底是怎么了？这样一来，女人应该是走到尽头了啊？难道是女人的非魔术化在奏效？女人那种无聊化暴露出来了，对不对？啊，欧洲，欧洲啊！人们对这种长着角的动物并不陌生，因为对你而言，它充满了吸引力。但你没有意识到长久以来它带给你的危险！对于那则古老的寓言来说，或许有一天真的会成为“史实”——到时候，没准会有种又大又乱的愚蠢降临到你的头上，然后把你砸进土里！在愚蠢之下，上帝定不藏身于此！这里不存在上帝，只存在一种“观念”，而且是一种现代的观念！……

# 关 于 爱 情 与 美 德

通常，我们认为贪婪和爱情是两个概念，其实，这两者可能只是同一欲望的不同解释而已。

一种解释是，对于占有者而言，欲望已经静止了，他们只会为“占有物”担心；另一种解释是，从贪婪者和渴望者的立场出发，所以把它美化为“好”。我们的博爱难道不是对新财富的一种渴望吗？同样的，我们对知识和真理的爱，以及对新事物的追求不也是这样的吗？

我们对旧事物和占有物渐感厌烦，于是便想再次出手去获取新事物。就算所在的地方风景再美，住上三个月之后，我们就会发现自己不怎么喜欢了，但是对于那些无论多远的海岸来说，总会引起我们的贪欲和妄想。就是因为我们不断占有，才让能占有的东西愈见稀少。这种兴趣导致我们自身发生变化，这变化又导致我们对自身产生兴趣，只有这样才叫占有。如果有一天我们不再喜欢占有物，自然也就开始讨厌自己。（人们常常以“爱”之名去抛弃或“分享”占有物，其实是因为占有太多而产生了痛苦。）我们乐于乘人之危，来攫取他占有的东西，这就像抱有慈善和同情的人的所作所为，而他依然将这种不断占有新事物的欲望称为“爱”，并且在快要到手的新占有中，获得了快乐。

更多时候，爱情表现出来的是对占有的孜孜追求。恋爱中的男人总是想独自并绝对地占有他所追求的女人，渴望拥有对她的灵魂和身体的绝对控制权，他希望独享这份爱，并且要在女人的灵魂里统治和驻扎。实际上，这表示他把所有人都挡在了美好、幸福与享乐之外。他就是要让他的情敌变成穷光蛋，那样一来自己就将独占金库，在所有“征服者”与剥削者之中，自己便是那最无所顾忌的、最自私的人，别人对他来说根本无所谓，他时刻准备着不惜一切代价破坏原有的秩序，而对别人的利益置若罔闻。想到这些，人们无不惊讶，对于这种疯狂的性欲以及对财产的残酷贪欲，长期以来被大肆美化、神化到这种程度了，以致人们对爱情形成了这样一种概念：爱情与自私势不两立。而事实上恰恰相反，爱情就是自私的代名词。显而易见，在这里，一无所有的人和渴望拥有的人对此有很多怨念；而那些被爱情眷顾并得以满足的人，比如在所有雅典人中集万千宠爱于一身的索福克勒斯，偶尔也会把爱情叫作“疯狂的魔鬼”，而爱神厄洛斯却总是将之嘲笑为：爱神一直以来最伟大的宠儿，如今偏偏亵渎神灵的人。

其实，爱的延续存在于世界各处。在这种延续中，两个人会把一种需求向另一种新的需求转化，从而产生共同的、更高的目标，也就是更上层的伟大理想。可是，谁又真正熟悉、真正经历过这种爱？准确地说，它应该叫友情。

再说说美德。一个人的美德被称赞的原因，不在于这些美德影响了这个人，而在于这些美德影响了社会和大众。古往今来，在称赞美德的时候，人们基本没有“无私”之心、“非自我本位”之心！

似乎人们在潜意识里偏要看到美德之人被美德（比如勤奋、服从、纯朴、虔诚和公平等）所伤。人们既有强烈的美德的本能欲望，又受限于理性，其他本能欲望便不能与此平衡。假如你真正具备了某种完美的道德（不只是一种对道德的向往），那么，你定然成为这种道德的祭品！但是，你最亲密的人反而会因此赞赏你！人们在称颂一个人的勤奋的同时，又会对这个人因为过度勤奋而在视力、思维及创意方面所受到的损害视而不见；一个“鞠躬尽瘁”的青年会得到敬重与惋惜，并获得这样的评价：“对整个社会而言，失去一个优秀的人不算什么！因为牺牲在所难免，尽管觉得可惜，但更加值得可惜的是，个人的想法、甚至个人对自身的维持与发展与服务于社会的宗旨背道而驰！”人们对这个青年表示可惜，不是因为他本身，而是他的死会造成整个社会的巨大损失，社会也因此失去了一个既听话又无私的名为“老实人”的工具。我们可能会想，如果他在忘我工作时能好好照顾自己，多活点岁数，会不会更有益于社会？当然，人们早就认可了这个益处，但他们觉得有一个更高、更长远的益处，那就是，虽然一个人牺牲了，但他勇于牺牲的精神却永世长存！

可以说，美德有一种工具属性，而赞美美德实际上就是在赞美工具属性。因此，从一方面来说，美德中存在着一种本能欲望，它是不受个人整体优势的控制的、非理性的、盲目的，正因为它的非理性，个体向整体的职能转化才有了可能。简单来说，赞美美德就是赞美其对个人的损害，也就是赞美那种剥夺了人最宝贵的自我本位和最大限度保护自己的力量的本能欲望。

想要让人们都按照道德的要求去行事，就必须降低美德同个人利益结合起来的可能性。而实际上已经有这样的结合了！例如，虽然勤奋是一种美德，但是盲目的勤奋既会成为甘当工具之人的典型美德，也被当成一种追名逐利的途径和解忧去欲的特效毒药，然而，人们却把勤奋所造成的极大危害秘而不宣。我们所说的对人的教育，实际上是试图用利益去引诱他们，进而让他们形成自我的思维和行为方式，当这种方式成了习惯，甚至是本能与激情，那么就必然会损害个人利益，而“有益于大众”。我们经常看到因盲目的勤奋而名利双收，但是与此同时个人肌体器官的灵敏却也被夺走了；一方面人们享受到了它所带来的名利，并且得到了抗御无聊与情欲的手段，但同时感官也因此逐渐迟钝，心灵也在面对新的刺激时失控。（在所有时代中我们这个时代最为忙碌，因为知道不会在现有的财富和勤奋上更进一步了，所以要想获得更多的财富，只能靠加倍的努力；很多伟人都是事倍功半！后世子孙也肯定如此！）

成功的个人教育必将使个人的种种美德有益于公众，但对个人的最高目标却殊为不利，这样就可能造成严重的后果——个人的精神困苦和早夭。赞美无私奉献、行善积德的人，实际上就是赞美那种人，他们没有将自己的力量与理性用在保存、发展、提升和促进自身上，也没有以那些企图扩张权势，这种人从来都与世无争，先人后己，但人们才是因为这种原因才赞美他们！“最亲密的人” 是先从赞美中得到了好处，所以才去无私地赞美！如果觉得自己“无私”，那么对那些损害个人利益的倾向就应该努力阻止，更重要的是大声宣布自己的无私；但是他并不大肆称赞无私！这就说明了一个问题，即当下正受推崇的道德的矛盾：道德动机与原则互相对立！用以证明道德的东西反而受到了道德标准的反驳！

这句“你有牺牲自我成为牺牲品的勇气”，应该让甘愿牺牲个人利益的人来说，就算这种“个人应作牺牲”的要求会让自己毁灭，但为了不与他的道德标准相悖，他不得不如此。事实上，如果最亲密的人或者社会为了公众利益而过于赞美利他主义，这时，肯定会有人表示反对，他认为："你应该在获取自己利益时不伤害他人利益。"这么看的话，"应该"也好，"不应该"也好，都是别人说的。

# 什么是卑贱？

什么是卑贱？词语是观念的表达符号；而观念则是反复出现、同时出现的感觉。我们想要达到相互理解的目的，光使用相同的词语是不够的，还必须使用相同的词语来表达相同种类的内心体验，最最根本的，我们在体验上必须是一致的。基于这个原因，就算不同民族的人使用相同的语言，民族内部也要比不同民族之间更能够相互理解；或者更准确地说，若人们长期一起生活在相同的（气候、土壤、险境、需求、辛苦等）条件下，一个能够“自我理解”的实体便应运而生——即，一个民族。在一切灵魂中，数目相同并屡次出现的体验已将较少出现的体验压倒，于是，人们能迅速地相互理解这种体验——语言的历史就是一种缩写过程的历史。

靠着这种迅速的理解，人们越发紧密地结合在一起。危险越大，就越需要更快更畅通地在关键事务上统一意见；身处危险之中的人不互相误解——这是交往过程中必不可少的。而且，在一切爱和友谊中，人们体验到，当使用相同词语的双方之一，发现在感情、思想、直觉、愿望或恐惧上与另一方不同，那么，爱和友谊也就没了。（对“永恒误解”的恐惧，正是这一守护神常常阻止异性过于匆忙地彼此依附，尽管感官和心灵促使他们彼此依附——并非某种叔本华式的“人类守护神”！）在灵魂中觉醒得最快，并开始讲话和下命令的那一类感情，决定了价值的基本等级次序，并最终决定想要东西的清单。对价值的看法，某种程度上会暴露该人的灵魂结构，其生活状况和内在需要也会因此显现。如果因为命运安排，所有时代召集到一起的，只是能用相同符号表达需要和相同体验的人，那么总的结果便是，人们便可以轻而易举地传播其需求，这最终说明人们仅具备普通的和共同的体验，迄今为止，所有作用于人类的力量中，这肯定是最强大的一种。比较相同的、普通的人，向来是占有优势的；比较杰出的、高雅的、独特的和难于理解的人，却通常茕茕孑立；他们总是在寂寞中因偶然而死，少有能繁衍生息的。必须在相反的巨大力量上借力，才能将这种自然的、太自然的同化众生的进程阻止，在这一进程中，人会演化成面目雷同的、普通的、平庸的、喜欢群居的人——演化成卑贱的人！

# 假 象 如 何 变 成 真 实

假象如何变成真实。即使演员身处极度的痛苦之中，也不会对他的角色给人的印象和总体戏剧效果最终停止思考，比如，甚至他参加自己孩子的葬礼，也要让自己成为自己的观众，并为自己的痛苦和表演而哭泣。伪君子总是扮演同一角色的话，最终就不再是伪君子；就像神甫，年轻时总是有意无意的是伪君子，但到最后他们变得自然了，就真的是神甫了，毫无装腔作势；或者如果父辈没有过于远离，那么利用了父辈优势的子辈也许就继承了父辈的习惯。

假如一个人长期地、固执地想让自己看起来像某一类人，那他就很难是另一类人。几乎每个人的职业，甚至包括艺术家，都是始于伪善、表面模仿、复制有用的东西。经常把友善表情这一面具戴在脸上的人，最终会获得一种支配权来支配友善情绪，没有这种情绪，就不能表现出友情，要是最后这种情绪又支配了他，那他就是友善的了。

# 出 于 虚 荣 的 天 才 迷 信

出于虚荣的天才迷信。虽然我们自以为是，但也不认为我们能画出一幅拉斐尔画作一般的草图，或者构思出一出莎士比亚式的戏剧，所以我们自嘲说，这样的能力是登峰造极的、非同寻常的，是极为少见的偶然现象，或者如果我们还有宗教感情的话，认为这是天赐的恩典。所以我们的虚荣和自爱促进了天才迷信：因为只有当人们认为天才遥不可及并视为奇迹的时候，他才不会于人有害（即便是歌德这个毫无嫉妒之心的人，也把莎士比亚称作他最遥远的高度上的星星。在这里，不妨回想那句诗："人们并未渴求星星。"）

但是，如果我们不去理会虚荣心的暗示，天才的活动似乎与机器发明家、天文学家或历史学家、战术大师等的活动绝对没有本质区别。如果人们想象有这样一些人：他们的思想朝一个方向活动，把一切都用作材料，始终充满妒忌地观察他们自己的和别人的内心生活，到处都发现榜样和启发，从来都不倦于将他们可以应用的手段组合起来，那么，上述所有活动就都可以解释清楚了。天才所做的也不过是学着先奠基，再建筑，不过是无时不寻找材料，无时不思考着加工。不只是天才的活动，人的每一项活动都复杂得令人吃惊，但是没有一种是"奇迹"。——只是在艺术家、演讲家、哲学家之中有天才，只有他们有"直觉"，这种信念是靠什么产生的呢？（“直觉”好像成了他们的一种奇迹般的眼镜，他们可以借此直接看透“事物的本质”！）

显而易见，人们只在这种场合谈论天才：巨大的智力效果让他们极为愉快，使得他们没有嫉妒的意愿了。将某人称为“神圣”意味着：“我们无须在这里竞争。”于是，一切已经就绪的、完成的就引人惊叹，一切制造中的便遭低估。现在没有人能在艺术家的作品中看到它是如何制成的；这是它的过人之处，因为只要看到制作的过程，人们的热情便会被泼上冷水。完美的表演艺术拒绝对其排练过程的任何考察；而作为当下已经完成的完美作品产生强烈效果。因此表演艺术家尤其被视为天才，而不是科学家。实际上，高度赞扬前者和过于低估后者只是理性的一种儿戏。

# 手 艺 的 严 肃 性

手艺的严肃性。——而不说天才、天生的才能吧！有许多天赋有限的人值得一提，他们通过某些特质而获得伟大，变成了“天才”（就像人们所说的那样），关于这些素质的缺少，大家心里都清楚但又没人说出来：他们都有那种能干的工匠的严肃精神，这种工匠先学可如何完美地建造局部，然后才敢建造一个大的整体；他们舍得为此花费时间，因为他们对于精细雕刻的兴趣，要比对于辉煌整体的兴趣更大。

例如，很容易开出一个如何让人成为出色小说家的处方，但是实行起来却要提前具备某些素质，当人们说“我才能有限”时，往往漠视了这些素质。人们只要写下很多份小说草稿，任何一份都不超过两页，但要写得足够简洁，让每个字都不可或缺；应该每天写下趣闻逸事，直到学会如何给它们以最言简意赅、最富感染力的形式；应该不知疲倦地收集和描绘人的类型和性格；尤其应该抓住一切机会对人述说，以及注意观察并倾听在场者的反应；应该像一个风景画家和服装设计师那样旅行；应该从各个学科中摘要出一切在描绘出色时就会产生艺术效果的东西；最后，人们应该反省人类行为的动机，不摒弃有关教导性的指点，日日夜夜地做一个对有关问题的收集者。不妨在这方面的训练中度过几十年，然后，在这工厂里制造出的东西就可以对外公布了。——但是，大多数人是怎么做的呢？他们不是从局部，而是从整体开始。他们也许一度做得很好，引起了注意，从此就由于公正的、自然的原因而越做越糟糕。——有时候，理智和性格不足以制订这样一种艺术家的人生计划，这时候命运和困苦就取而代之，引导未来的大师一步步完成他的手艺所要求的任何条件。

# 天 才 迷 信 的 好 处 和 害 处

天才迷信的好处和害处。对于伟大、卓越、多产的才子的信仰，虽然未必，却也常常与一种纯粹宗教或半宗教的迷信相连；那种宗教迷信认为，这些才子是超人的源泉，拥有某种奇迹般的能力，靠着这种能力，他们以迥异于常人的方式获得知识。人们相信他们仿佛洞穿了现象的外衣，直视世界的本质，他们不用科学的艰辛与严格，就能够由于这种神奇的先知般的眼光，传达出关于人类与世界的最终的决定性的东西。只要知识领域中的奇迹仍然有人相信，也许就可以认为，信徒本身便会从中获得好处，他们只需要通过无条件地服从伟大的才子，便能为自己的才智适应发展时代谋得了最好的训练和培养。然而有疑问的至少是，对天才及其特权和特殊能力的迷信，如果在他自己心里已经根深蒂固，这种迷信对他本人是否有益。

如果一个人突然恐惧自己，不管是众所周知的恺撒式恐惧，还是这里提到的对自己才能的恐惧；假如天才的头脑里灌入本该只给神灵献祭的祭品的香味，以至于他开始得意忘形，真以为自己高人一等，不管怎么说，这对他而言都是可怕的。长此以往就会导致：没有责任感，只有特权感，自认为自己出门可以让一切转危为安，若有人试图拿他与人对比甚至低估，并且曝光他工作中的失误，他就狂怒不已。由于他不再自我反省，他浑身羽毛中最漂亮的翎毛也一根根脱落了：那种宗教迷信从根本上挖走了他的力量，失去那种力量以后，他可能就被完全改造成了伪君子。从伟大的才子本身来说，如果他们对自己的力量及其来源一清二楚，换句话说，如果他们明白身上到底汇集了哪些真正的人类的特点，哪些只是外部的幸运条件，这没准对他们更有帮助：首先是饱满旺盛的精力，不达目的不罢休的坚定意志，巨大的个人勇气，然后是能接受良好教育的幸运，以便早早地就能享有最好的教师、最好的榜样以及最好的方法。当然，如果他们是想尽量达到造成轰动效果这一目的，那么自作糊涂，装疯卖傻，就能起很大作用了；因为在任何时候，我们赞美和嫉妒的正是他们身上的那种力量，凭借那种力量，他们使人类变得意志薄弱，幻想被超人的领导所指引。

相信某人拥有超人的力量，确实使人振奋、鼓舞：基于这个原因，柏拉图说，疯狂给人类以最大的祝福。——在极少数情况下，或许可以以这点疯狂为手段，去把那种处处都很过分的天性牢牢抓住：甚至在个人生活中，有毒的狂想也经常有治疗作用；可是到了最后，自认为身有神性的“天才”，他身上的毒性会随着“天才”的变老逐渐显露出来：拿破仑的天才大概还记着呢，正是因为他自信，自信自己是明星，才能成为天才，这种自信对人类产生的蔑视，凝聚成一种强有力的统一体，使他凌驾于现在所有人之上，最终，这种自信演变成近乎疯狂的宿命论，让他连敏锐而快速的洞察力都丧失了，结果导致了他的失败。

# 由 蜕 化 而 变 得 高 贵

由蜕化而变得高贵。——通过历史可以得知，如果一个民族分支大部分人拥有习惯性的、不可置疑的同一准则，也因此由于其共同的信仰而拥有真正的公共意识，那么它也就保持得最好。在这里，优秀的民风加强了；在这里，人们学会了服从，赋予性格以坚定，事后又详加指点。基于目的相同又个性鲜明的人所建立的强大公共团体，面临着由于遗传而渐渐增加的愚昧的危险，这种愚昧将会如影随形地紧跟着所有的稳定性。在这些公共团体中，精神上之所以有进步，就是靠着那些比较不太古板、不太靠谱、不太道德的个人：恰恰是他们尝试着新事物，以及更多的事物。成千上万的这种人，由于自身的弱点一事无成地走向了毁灭；通常情况下，尤其是有了子嗣的时候，他们便会怠于工作，让一个公共团体的稳定因素时不时地受到伤害。正是在这个受伤、虚弱之处，整个团体似乎接种到了什么新东西；但是想要接受并吸收进入它血液中的新东西，这个团体的整体力量必须足够强大。

任何应该实现进步的地方，蜕化的天性都有至高无上的意义。整体进化之前，必然有一次局部的虚弱。最强大的本能保留住一类人，次级本能则帮助这类人得到继续教育。——个体上也会有类似的情况发生；但是蜕化、残废甚至罪恶是罕见的，通常情况下在其他方面也一无是处的身体或道德上的损害也是罕见的。例如，在一个好斗的、不安分的部落中，可能重病之人会得到更多独处的理由，从而变得更安静、更聪明；独眼人的眼将会更敏锐；盲人将会洞彻人心，而且在任何情况下都会听得更真切。就这方面而言，我觉得对于一个人、一个种族的进化，似乎那著名的“适者生存论”不是唯一的解释。

更应该说，必须有两件事合二为一：首先是通过精神在信仰和公共感情中的内在联系，实现稳定力量的增大；然后是通过天性蜕化所产生的稳定力量的衰减和受损，实现更高目标的可能；更自由而温柔的本性中，正是比较虚弱的那部分，使所有的进化普遍成为可能。局部脆弱而整体强健的民族，能将注入的新事物吸收，并形成自己的优势。在个体那里，教育承担着这种职责：使他变得非常坚定可靠，进而作为整体不再偏离轨道。但是这之后，教育者就不得不给他造成伤害，或者利用命运给他造成的伤害，而由此产生痛苦和需求时，就可以在伤处注入新而高贵的东西。他的整体天性将其融入自身，以后还会让人在其果实中感觉到那种高贵。马基雅维利这么定义国家：“政府在形式上的意义微不足道，虽然半吊子学者有点其他想法。持久是国家艺术的伟大目标，其重要性远超其他，因为它远比自由更有价值。”只有在最大持久性能够得到可靠基础、可靠保证的地方，持久发展和令人变得高贵的事物的注入，才普遍变得可能。当然，持久性的那些危险而权威的伙伴，基本都会对此表示反对。

# 前　进

前进——那么就沿着智慧之路，信心满满、昂首阔步地前进！无论你怎么样，都充当自己的经验之源吧！摒弃对你自己本质的不快，原谅你自己的个人主义，因为在任何情况下，你身边都有一个有100根横木的梯子，你可以用它攀向知识。你遗憾地感觉自己被扔到那个时代之中，它为你的幸运而庆幸；它对你大喊，要你分享经验，那些后人也许必然缺乏的经验。不要对曾经的宗教倾向心怀蔑视；要充分探索你曾经如何打开真正的艺术之门。难道你不会正好利用这些经验，更加得心应手地走上前人走过的伟大路程吗？正是在这让你时而不快的土地上，在这思想芜杂的土地上，结出了许多古文化的美妙的果实，不是吗？

人们一定是像爱母亲和奶妈一样爱宗教和艺术——否则人们就不会越来越聪明。但是你必须有超越他们的眼光，你必须能够成长到不再需要它们的地步；如果你在它们魔力的影响停留，那么你对它们就无从理解。同样，你必须精通历史，精通小心翼翼的天平秤盘游戏："这一方面——那一方面。"往回走吧，循着人类在过去的沙漠中痛苦的长途跋涉的足迹：于是你得到最确切的教训，警告你以后的人，不能去向何处。而且你拼命想预见未来如何打结，如此一来，你的生活便因获得了一种知识工具和知识手段而有了价值。你必须有权让你所经历的一切尝试、迷途、错误、迷惑、痛苦、爱和希望——完全融入你的目标。这个目标就是你自己成为一根必然的由文化环节组成的链条，然后从这个必然性推断出一般文化过程中的必然性。如果你的视力变得足够强，能看到你的存在和知识的幽暗井底，那么你也会在井内的倒影中看见未来文化的遥远星辰。你觉得抱着这种目标生活太艰难、太难受吗？所以你还不了解，没有一种蜂蜜能比知识的蜂蜜更甜，伤心的云朵罩在你的头顶，必然充当你从中挤出令你精神愉悦的乳汁的乳房。当你老了，你才真正注意到你如何倾听自然的声音，那种以快乐来统治整个世界的自然：在老年时达到其顶峰的同一种生活，在智慧中，在那种持久的、令精神快乐的、温和阳光中也达到了其顶峰；老年和智慧，会在你生活的山脊上相遇，自然的要求也是如此。然后到时间了，你也不该为死亡之雾的来临而生气。面朝光明——你最后的动作，为知识欢呼——你最后的声音。

# 关 于 朋 友

你自己想想，感觉多么丰富多彩；人和人之间再怎么亲密，也会有各自不同的意见；就算看法一样，它在你朋友和你脑袋里的地位和强烈程度也不一样；误会和裂痕的起因也是成千上万。在这一切之后，你会对自己说：我们赖以建立友谊和联盟的基础多不可靠，冷风骤雨的恶劣天气多么近在咫尺，每一个人是多么孤独！如果一个人看清这一切，同时也看清同伴的所有看法、方式和强度，如同他们的行为，是必然且不负责任的；如果他从紧密交织的性格、职业、才能、环境等因素中，获得识别各种看法的内因的能力——将摆脱聪明人大喊“朋友啊，没有朋友！”时所怀有的那种尖酸情感的苦涩。更确切地说，他将对自己承认：朋友确实有，但却是错的，你因为错觉而将他们引来；他们为了继续与你为友，便学会了保持沉默；因为这种人际关系的依据几乎始终如此：人们不会说某些事，甚至对它们绝口不提；但是一旦这些事情开始发生，友谊也就随之毁灭。

如果人们知道他们最知心的朋友把自己了解到了什么程度，会不会受到致命的伤害？——通过自我认知，并把我们的存在本身看作一个变化着的观点和情绪的领域，从而学会一点藐视，这样我们就重新平衡了自己和他人。对于我们的任何一个熟人，我们都可以看轻，不管他是否伟大；我们都有理由将这种感情转向自己。——所以我们要互相忍受，因为我们事实上忍受了自己；也许更快乐的时刻有一天会来到每个人的面前，这时候：

“朋友啊，没有朋友！”濒死的智者这么喊着；

“敌人啊，没有敌人！”我这活着的蠢货这么喊着。

# 请　求　发　言

请求发言。——现在所有的政党都有一些共同特点：故意蛊惑人心和影响大众。正因为上述种种故意的行为，它们的原则就成了奇蠢无比的事，它们的蠢样还被这样画到了墙上。在这事情上已经毫无改变的余地，连竖起一根手指都多余；伏尔泰曾就这个问题，说过一句恰当的话：如果庸众也参与进理性思考，那么一切就都完了。随着这种情况的产生，人们必须与新条件相适应，就像与地震移动了大地外形的界线和轮廓，改变了财产的价值以后的情况相适应一样。此外：如果所有政治的目的，就是为了让尽量多的人可以忍受生活，那么这尽量多的人至少也能决定，他们对于所忍受的生活作何理解；如果他们靠着自己的理智，来找到实现这一目标的正确方法，对此怀疑又有何裨益？他们想干脆地为自己锻造出幸运和不幸。（此话出自一句德国格言：“每个人都锻造了他自己的幸运。”）

如果这种自主的感觉，这种从头脑里蕴藏和发掘出的几个概念所产生的自豪，已经在现实上改善了他们的生活，使得他们愿意承受有限的致命后果的话，那么就无话可说了，这种有限有一个前提，即，不去要求一切都变成政治，也不去要求每个人都按照这样的尺度来生活和工作。因为首先，比任何时候都更多的一些人必然可以放弃政治，去休息一番：对自主的兴趣也驱使他们这样去做；而且如果人数太多，或者直截了当点，说话的人太多，那么保持沉默大概算是一种小小的自豪了。其次，如果这些少数人并不看重多数人（应该理解为各民族和各人口阶层）的幸福，也不对讽刺态度时有愧疚，那么你就必须对少数人的问题视而不见；因为他们的认真在别处，他们的幸福是另一种概念，他们的目标是不会被区区五个手指的笨手窝在手中。最后——难以承认却不得不承认的是——时不时有这样一个时刻，他们走出沉默的孤独，再一次试试他们的肺活量：然后他们像森林里的迷路者一样互相呼喊，以便察觉彼此，并得到彼此的鼓励；当然，在他们这样做的时候，声音会变得很响，听起来很刺耳，不过这不是故意的。——随后，森林里又归于平静，静得你又可以清楚地听见生活在森林里上下各处的昆虫的嗡嗡声、嘤嘤声和翅膀拍击的声音。

# 关 于 信 念 与 正 义

关于信念与正义。——人们一时冲动说过、许诺过、决定过的事情，事后必须实际而客观地做到——这属于人们生命中不可承受之重。必须接受发怒的后果，接受烈火般报复的后果，接受热情地为未来献身的后果——由此激起对这些情感的怨恨，正是这些情感成了无处不在的被崇拜的偶像，尤其是艺术家在促进着这种偶像崇拜，而对这些情感的偶像崇拜越强烈，就越是怨恨这些情感。艺术家花费功夫估计激情的价值，长此以往；当然，他们也赞美个人所保存的可怕的满足的激情；赞美宁可被杀，被肢解，被流放也要报复的冲动；赞美那种认了命的悲情。总之，他们念念不忘对激情的好奇，似乎他们想说："不曾经历激情，就不曾经历一切。" 因为我们对忠诚许下誓言，或许只是忠诚于虚无的神，因为我们在让自己着迷，并让那种着迷的东西好像值得拥有任何一种崇拜和牺牲的盲目疯狂状态，将我们的心献给一位王公、一个政党、一个女人、一个修士会、一位艺术家、一位思想家，难道我们就成了永远绑定在一起的整体？此刻我们没有自欺欺人？这诺言不是利益交换？

其前提条件当然是不言而喻的：那些我们神圣化了的东西其实就是我们想象中的东西。此外，我们必须为错误守诺，甚至当我们明知这种守诺会危害我们更进一步也要如此吗？不，没有这种法律，没有这种义务；我们一定要做叛徒，一定不要守诺，一定要丢弃所谓的理想。没有这种叛变的痛苦，甚至不再遭受这种痛苦，我们就不会从一个时代跨入另一个时代。我们需要为此避免痛苦，防备冲动吗？对于我们而言，世界会变得更荒凉阴森吗？我们更愿意问自己，这些信念转变的痛苦是否必要，或者它们是否由一种错误的主张和评价所决定。为什么我们崇拜守信之人，而鄙视无信之人？恐怕答案必然是：因为人人都确信，只有拿微小的利益和个人恐惧形成的动机对比才会引起这样一种改变。也就是说，我们基本上相信，在自己的主张有好处，或者至少对自己无害时，没人会改变自己的主张。但是，即便如此，对于所有信念的理智方面，这其中也包含着一种不利证明。让我们测试一下，信念是如何产生的，看一看它们是否被过于高估了：由此我们可以看出，在所有情况下，信念改变多少完全取决于错误的尺度，迄今为止，这种改变让我们大受伤害。

# 在 自 然 的 镜 子 中

在自然的镜子中。——假如你听说，有人喜欢走在高高的金黄的玉米地里；在所有事物中，他更喜欢红彤彤的、金灿灿的秋天里的树林和鲜花的颜色，因为他们的美超越了自然之美；他在巨大的枝繁叶茂的坚果树下的感觉，就像自由徜徉在亲人之间；在山里，面对那些偏僻的小湖泊便是他最大的快乐，在湖泊中，似乎孤独的眼睛正在对他凝视；他喜欢氤氲迷雾中那种灰蒙蒙的宁静，这种宁静在秋天和初冬的夜晚爬上窗户，就像一切没有灵魂的噪声都被丝绒窗帘所阻挡；他感觉没有凿过的岩石是来自远古的希望说话的见证者，小时候起就对他们心怀敬仰；最后，对他来说，有着蛇一样的波纹和食肉动物之美的大海是陌生的，而且始终是陌生的——如果你听说了这一切，是否就代表已经精确地描绘了这个人？—— 是的，这个人的某些东西因此而得到了描绘，但是自然之镜却不会说就是这个人在他全部的田园式感伤主义中（甚至都不说“尽管有这种感伤主义”）可能会非常缺爱、小气和自负。长于此道的贺拉斯将对乡间生活的脉脉柔情放在了罗马的一个高利贷者的嘴巴和灵魂中，放在了那句著名的话中：“远离生意操劳的人是幸福的。”

# 作 为 未 来 指 路 者 的 诗 人

作为未来指路者的诗人。在如今的人群中，剩余了太多富有诗意的力量，生活并没有将之消耗殆尽；这么多力量毫无保留地为一个目标献身，绝不是要临摹现在，复活和浓缩过去，而是指向未来——这不应该把诗人理解成一个难以置信的国民经济学家，会首先认识到比较有利于民族和社会的状况，并形象地看到其实现的可能性。更应该说，他将要像以前在神像的基础上继续创作的艺术家，在美丽的人像基础上继续创作，并做出预想：在我们现实的现代世界，没有任何抵制和制止，美好而伟大的心灵还在和谐匀称的状态中，并通过这种状态获得可见性、持久性以及典范性，也就是说，依然可能存在这样一个地方，可以通过对模仿和嫉妒的激发而实现未来。

这种诗人的创作，会因为看似隔绝并回避开了激情的气息和灼热而超群绝伦：不可改正的错误、人类弦乐的被毁、恶意嘲笑和痛恨一切古老的习惯意义上的悲剧和喜剧的东西，都会在这种靠近新艺术的地方，让人觉得这是对人像的讨人嫌的、仿古式的粗糙化。人物及其行为中的力量、善意、宽厚、纯粹以及无意识的本能克制；一块平整过的可以让脚得到休息和舒服的地面；在脸上和事物上得以体现的光照万物的天空；融为一体的知识和艺术；没有嚣张和嫉妒，和自己的姐妹即灵魂住在一起，并从对立面中诱发出优雅的认真态度而不是内心冲突的不耐烦的精神——这一切便是无所不包的、普遍的构成金色背景的东西，而在这之上，理想所体现的微妙之差才形成真正的绘画——让人类提升自尊的绘画。——从歌德开始，通向这未来的创作的道路很多，但需要有优秀的开拓者，尤其需要一种力量，比现在的诗人，即关于半动物、关于同力量和本性相混淆的不开化和无节制的坚定不移的描写者，所拥有的力量大得多的力量。

# 艺 术 品 的 审 美 之 源

艺术品的审美之源。——如果我们考虑艺术感的萌芽之初，自问例如从原始人身上，最初的艺术品唤起了哪些不同种类的快乐，那么我们最先发现的会是，那种懂得别人心思时的快乐；艺术在这里是一种猜谜，它让猜中者为自己的敏锐和机智而获得快感。然后，人们借着最粗糙的艺术品去回忆，那些经验中曾使他们感到欢乐的东西，例如，当艺术家暗示狩猎、凯旋、婚礼的时候，人们相应地感到欢乐。另一方面，当人们遇到对复仇和危险的赞美时，会感到自己被那种描述所激发、感动和点燃。这里的乐趣在于激动本身，在于战胜了无聊。——甚至对不愉快事情的回忆，只要这问题已经解决，或者只要它让我们自己作为艺术的对象在观众面前显得有趣（例如当一位歌手讲一个关于粗心航海家遇难的故事的时候），就能产生巨大的欢乐，这时候人们将这种欢乐归于艺术。——更精致的类型的欢乐，是在一看到点、线、节奏中的所有有规则的、对称的东西时产生的；因为某一种相似性唤醒了对生活中一切有秩序、有规则的东西的感觉。

我们的一切幸福，都得归功于这些东西：在对对称事物的崇拜中，人们潜意识中认为当下幸福的根源便来自规则和匀称；欢乐是一种感激的祈祷。只有在某种程度上较多地享受了最后提到的那种欢乐时，更为细腻的感觉才会发生，甚至有可能从对匀称与规则的破坏之中感到欢乐，例如，当在表面的非理性当中寻求理性这样一种做法很有诱惑力的时候：此时，这种感觉就会由此成为一种有审美效果的猜谜，像最初提到的那种艺术愉悦上升到更高类型那样出现。——继续沉湎于这种思考的人将会知道，为了说明审美现象，这里原则上放弃了哪一种假设。

# 以前的艺术和现在的灵魂

以前的艺术和现在的灵魂。——因为每种艺术都越来越能够表达灵魂状态，表达比较激动、温柔、强烈、狂热的状态，所以当后来的大师们被这种表达方式惯坏了，便在以前时代的艺术品中感觉到一种不舒服，好像古人想清楚地表达灵魂却缺少方法，或许根本就是缺乏作为基础的技术需求；他们觉得自己必须在这里做点什么——因为他们相信相似性，甚至所有灵魂的一致性。可事实上，那些大师们本身的灵魂是例外的，可能更伟大，其实更冷漠，他们十分讨厌那些迷人的活泼的东西：适中、对称、对令人欢乐之物的蔑视、一种无意识的酸涩和清晨的寒意、一种对激情的回避（好像艺术将在它的手中毁灭）——这些是以前所有大师的思想意识和道德构成之源，他们选择同样的道德在他们的表达方式中注入气息，这并非偶然，而是必然。——是，难道这种认知就意味着，阻止后人按照自己的灵魂对前人的作品赋予灵魂的权利吗？不，因为它们只有得到我们赠予的灵魂，它们才能继续存活：只有我们的血液才能使它们与我们交流。

真正的“历史”演讲可以像灵魂一样地去和灵魂说。——人们不是通过让每一个词、每一个注释毫无意义地停在原地畏缩不前，而是以帮助它们不断复苏的积极尝试的方式，来表达对过去的伟大艺术家的尊敬。——当然，如果我们设想贝多芬突然来到现在，在他面前响起了他的一部按照有助于我们的演唱大师获得荣誉的、最具现代感煽情和细腻的方式加以处理的作品，他也许会久久无言，不知道是该举手表示诅咒还是祝福，但最终也许会说："嘿！嘿！这既不是我，也并非不是我，而是某种第三者——在我看来，就算它不完全合适，也多少算是合适的。不过，你们最好注意你们是怎么来进行的，因为不管怎么说都是你们去听——我们的席勒说，有活力的就是合适的。那就合适吧，我下去算了。"

# 关于巴洛克风格

关于巴洛克风格。——懂得自己作为思想家和作家而出生和受教育，而不是为了辩证观念和分析观念而出生或受教育的人，将不自觉地向修辞和戏剧求助：因为最终要看他是否能让自己变得被人理解，从而赢得权力，不管他把感情引向自己时是通过一条平坦的小路，还是通过突然袭击——作为牧羊人，或者盗匪。这既适用于造型艺术，也适用于诗歌艺术；在这些艺术中，辩证法有缺陷的感觉，语言和叙述方式有缺乏的感觉，再加上一种过于丰富的咄咄逼人的形式冲动，产生出一种人们称之为“巴洛克”的风格。——只是顺便说一下，教育很差的人和狂妄自大的人，听到这个词就立刻产生一种轻蔑的感觉。

巴洛克风格总是出现在任何一种伟大艺术凋零的时候，出现在古典表现艺术提高要求的时候，这是一个自然事件，人们大概将带着忧郁——因为是在夜晚降临之前——注视它，对它固有的表现艺术和叙述艺术的替代品，同时又带着赞美。属于这种替代艺术的作品，是具有最高度的戏剧性紧张气氛的素材和题材，遇到这样的素材和题材，就算没有艺术，心也会颤抖，因为感觉中的天堂和地狱如此接近；然后是强烈的感情和表情大加辩论，丑陋和崇高大加辩论，以及大众之间大加辩论，尤其是本身大加辩论——正如在意大利巴洛克艺术家之父或祖父米开朗琪罗那里已预示出它将到来一般；投在如此坚固构造的形式之上的朦胧之光、神化之光、欲火之光；此外，在手段和意图上还不断有新的大胆行动，这是艺术家为他们自己竭力强调的，而外行必然误以为看到了一种极为丰富的原始自然艺术的持久而无意的漫溢；在一种艺术门类较早的前古典的和古典的时代，这种风格赖以拥有其伟大地位的这些品性，都是不可能的，也是不允许的：这种精妙美味之物长期作为禁果悬挂在树上。

正是在现在，当音乐转入这最后的时代时，人们能够在一种独特的壮观景象中认识巴洛克风格现象，并借助对比，对以前的时代多多了解：因为自希腊时代起，在诗歌、修辞、散文、雕塑中，以及众所周知的建筑中，已经可以经常见到巴洛克风格了——无辜的、无意识的、有必胜信念的、完美的高贵，但是它也使它所处时代的许多最优秀和最认真的人受了益——那样，不去思考就轻蔑地评价它是一种狂妄自大；要是谁的感觉没被它搞得对更纯粹、更伟大的风格失去接受能力，那么，谁就该为自己大感庆幸了。

# 二 流 的 艺 术 需 求

二流的艺术需求。——大众无疑拥有某些你可以称之为艺术需求的东西，但是少得可怜，满足起来很容易。实际上，艺术的废料就已经足够了：我们应该老老实实地对自己承认这一点。我们只要想一想，例如，现在我们人口中最强健、最正派、最真诚的阶层是从什么样的旋律和歌曲中获得他们的衷心欢乐的，我们如果生活在牧民、山民、农民、猎人、士兵、水手中间，就能给自己得出结论。在小城里，即使是在世代传承的市民道德之家的房子里，那些当今产生的最糟糕的音乐还不是受到了喜欢甚至溺爱吗？涉及这一点的大众，谁谈论他们对艺术的深刻需要和还未满足的欲望，谁就是在胡说八道或是撒谎。

你们诚实一点吧！现在，只有在例外的人那里才有一种高格调的艺术需求——因为艺术基本上又一次处于衰败之中，人的力量和希望有一段时间专注于其他事物。——此外，就是在大众以外，确实还存在着一种较广泛的、较大范围的艺术需求，不过是二流的艺术需求，在较高或最高的社会阶层中：在这里，可能存在某种类似于真正的艺术团体的东西。但是我们来查看一下它的组成部分吧！一般来说，这是一些在自己身上得不到恰当乐趣的较敏锐的不满者；是还没有自由得可以放弃宗教安慰，但是认为圣油的气味不够好闻的有教养者；是太软弱而不能通过英雄式的悔改或放弃行动，来战胜自己生活中的一个基本错误或性格中的有害倾向的半贵族；是太自以为是而不能通过谦虚的活动来让人受益，同时又不肯做自我牺牲的伟大工作的天赋过剩的人；是不懂得为自己划定足够的责任范围的少女；是通过一场轻率的或罪恶的婚姻束缚了自己，但是不懂得足够地受束缚的妇女；是学者、医生、商人、官员，他们过早地以各自的身份出现，从来没有让他的完整天性充分展现过，为此他们内心不安，但是毕竟还是努力做好工作；最后是所有那些未完成的艺术家，这些便是现在仍有真正艺术需求的人！

那么他们向艺术渴求些什么呢？它应该在一些小事和片刻中，为他们驱除不适、驱除无聊、驱除一些内心的不安，也许，要将他们生活和性格中的缺点夸大地解释为世界命运的缺点——迥异于希腊人，希腊人在自己的艺术中感觉到他们自身美好健康人生的奔腾澎湃，愿意再一次在自身之外看到自身的完美——是自我欣赏将他们引向艺术，而把我们这些同时代的人引向艺术的，却是自我厌恶。

# 我 们 要 去 哪 里 旅 行

我们要去哪里旅行。——对于认识自我，直接的自我观察已经不够了：我们需要历史，因为过去依然如波浪一般在我们中间继续流动；甚至我们自己，也不过是我们每一时刻从这种继续流动中感觉到的东西。甚至在这里，当我们想要踏入表面看来最自由的、最个性化的存在之河时，赫拉克利特的那句话依然奏效：人不能两次踏进同一条河流。

这是一句日渐陈旧的格言，但是同样的力量和真实性却一如从前，就像下面那句格言一样：为了理解历史，我们——我们必须像祖先希罗多德那样，到各个国家不得不寻找过往历史的鲜活的残余——这些国家不过是一些人们可以立足的已稳定的早期文化阶段，去所谓野蛮和半野蛮的民族那里旅行，尤其是到人们已经脱掉或者还未穿上欧洲服装的地方去。但是，现在还有一种更为精妙的旅行艺术和旅行意图，让人们不必总是千里迢迢地从一个地方到另一个地方。很可能，离我们最近的发着文化光彩的三个世纪仍然继续活在我们周围：它们只是需要被发现。在有些家庭里甚至个人那里，仍然等级分明，一级压一级：在其他地方，有着更难理解的岩石断层。一种更古老的值得尊敬的感情模式，肯定能更容易地保存在偏远地区，保存在人迹罕至的山谷里，保存在比较封闭的集体里，它必须在这些地方被探寻出来，但在柏林不可能有这种发现——因为在柏林，人们来到世上时，是脱胎换骨并一无所有的。谁长时间地实践了这种旅行艺术以后变成了百眼阿耳戈斯，谁就将最终陪着他的伊俄——我指的是他的自我——到处走，在埃及和希腊、拜占庭和罗马、法国和德国，在民族迁徙或定居的时代、文艺复兴和宗教改革时代，在家乡与国外，甚至在大海、森林、植物、山区中，重新发现这造就变革中的自我的旅行冒险。于是自我知识变成了关于一切过去事物的全面知识：就像——按照仅仅对此作出暗示的另一系列的思考——在最自由、最远视的人那里，自我决定和自我教育有一天会变成关于未来整个人类的全面决定一样。

# 信 仰 让 你 上 天 堂 ， 也 让 你 下 地 狱

信仰让你上天堂，也让你下地狱。——一个思想上犯戒的基督徒有一天可能会问自己：如果对上帝、替罪羊等存在的信仰已足以产生同样的效果，那么上帝以及一只代人受过的替罪羊是否还有存在的必要？万一它们应该存在，那它们不就是多余的了吗？因为所有让人舒适的、安慰的、道德化的东西，都像基督教给予人类心灵的那些使人阴暗、使人破碎的东西一样，是源自于那种信仰，而不是那种信仰的对象。这里的情况和下列众所周知的情况并无二致：虽然没有魔女，但是由于相信有魔女而产生的效果，跟如果真有魔女时产生的效果是一样的。对于基督徒期待有一位上帝的直接干预，却徒然期待那些因为没有上帝的所有时机来说，他的宗教的创造才能极为丰富，可以虚构出种种让人感到安慰的借口和理由：由此可见，它无疑是一种极富智慧的宗教。虽然信仰至今还没有能够搬动真正的大山，我也没听到有谁说它能做到这一点，但是它却能把大山放到没有山的地方。

# 人世间的脆弱及其主要原因

人世间的脆弱及其主要原因。——我们转过身去时，总是会碰见这样一些人，吃了一辈子鸡蛋却没有注意到形状稍长一点的鸡蛋最好吃；也会碰到这样一些人，不知道雷雨有益于开胃、不知道香味在清凉的空气中最强烈、不知道月相不同味觉也不同、不知道在吃饭时多说话和多听话都对胃不好。这些缺乏观察力的例子也许并不令人满意，人们更不会承认，大多数人很少注意身边事物，看不清它们。这是无所谓的吗？——但是你思考一下，个人的几乎所有的身心缺陷都是这种不足造成的：不知道在我们生活方式的习惯里、在一天的划分里、在交往的时间和选择里、在工作和闲暇里、在命令和服从里、在自然感和艺术感里、在吃和睡及反思里，对我们有利的、有害的到底是什么；在最小和最日常的事情中无知，缺乏敏锐的眼光——这就是于很多人而言把地球变成“苦海”的东西。

我们不说在这里像在任何地方一样，这是一个人类的非理性的问题：应该说理性多得是，只是被定错了方向，被人为地从那些最亲近的小事物那里引向别处。教士和教师，以及每一种理想主义者崇高的权欲，无论是粗犷一些还是细致一些的理想主义者，都已经使孩子相信，重要的是完全不同的东西：是拯救灵魂，是国家公务，是促进科学，或者是威望与财富，这是为整个人类效力的手段，而个人欲望以及24小时之内的大小需求，就会是被蔑视的或无视的东西了。——苏格拉底曾全力捍卫自己，为了人类的利益而反对这种傲慢的无视人性的做法，他喜欢用一句荷马的话来提醒人们，想到所有忧虑和思考的真正范围与内容：这不过是，他说，“我在家遭遇的好与坏的问题”。

# 两种安慰手段

两种安慰手段。——古代稍后期的灵魂安慰者伊壁鸠鲁有种今天也无法企及的惊人洞察力，他认为，想让心情平静，完全没必要解决最终的、最极端的理论问题。所以在他看来，对那些受到“对神的恐惧”折磨的人这么说就足够了：“就算真的有神，他们也不关心我们。”而不是就神是否真的存在的最终问题进行毫无结果、不着边际的争论。下面一种态度要有利也有力得多：你让另一个人领先几步，这会让他更乐意倾听和铭记在心。但是，一旦他想要论证相反的问题——神是关心我们的——这个可怜虫就一定会陷入某个误区和布满荆棘的树丛啊！这完全是他自愿的，与对话者的狡猾手段无关，这对话者只要有足够的人性和技巧，把他对这个场面的同情藏起来就好了。最终这另一个人会感到厌恶，这是反对任何一种命题的最强有力的论据，他会厌恶他自己下的论断，他冷静下来，带着纯粹的无神论者特有的情绪离去：“神本来跟我有关吗？让魔鬼抓走他们吧！”——在其他情况下，尤其是当一个物理范畴和道德范畴各半的假设，使情绪阴暗起来的时候，他承认而非反对这个假设，可能大概就是这样的情况：对于这同一现象，大概还有第二种假设来解释；没准情况又不一样。

大多数假设，例如愧疚是从哪儿来的，即使在我们时代也足以除去灵魂上的那种阴影，那种阴影如此容易地从对一种唯一的、仅仅能见到的，却因此而被百倍高估的假设的冥思苦想中产生出来。——于是那些想不幸者、作恶者、瘾病患者、垂死者的人，应该想起伊壁鸠鲁那两种安慰人的说法，它们能够在很多问题上加以利用。用最简单的形式表现，它们大概就是：第一，假定情况就是这样，那么这与我们无关；第二，情况可能是这样，但是也可能是另外的样子。

# 人类——世界的喜剧演员

人类——世界的喜剧演员。——应该有比人类更有智慧的创造物，他们的存在就是为了享受下列事实中的所有可笑之处：人类认为整个世界就是为了人类而存在，人类不会因为一种世界使命的展望就满足。如果一个神创造了世界，那么他就会把人创造成神的猿猴，让他有理由在太长久的永恒中一直高兴。地球周围的天体乐声，这时候大概会使人类周围所有其他创造物讥笑。那位无聊的神痛苦地搔弄他的宠物，就为了看它那种痛苦的、悲剧式的、自豪的表情和表现，尤其是喜欢最虚荣的创造物的那种精神发明——以发明了这发明者的身份。因为谁能凭空造人取乐，谁就比人更有智慧，也更喜欢智慧。——甚至在这里，我们人类自愿想要卑下一番，但虚荣却来捣乱，让我们人类至少在这种虚荣中，妄图做一种完全无可比拟的、完全不可思议的东西。我们在世界上独一无二！唉，这根本不可能嘛！

一种天文学家，有时候让自己的视线局部地超越了地球范围，他们让我们明白：世界上的点滴生命，对于不断生成与流逝的巨大海洋的整体性而言，毫无意义；无数天体具有类似于地球一样的产生生命的条件——当然，同从来没有生出过生命的痨子或早就从这种疹子痊愈了的无限多的天体相比，这一点也不多；这种天体上的每个生命，按照其存在时间来测量，只是一个瞬间、一个闪烁，然后是一个个很长很长的时段——因此，这些天体存在的目的和最终意图，肯定不是为了这些生命。也许，森林中的蚂蚁自以为它就是森林存在的目的和意图，就像我们在想象中几乎不自觉地将地球的毁灭同人类的毁灭联系在一起时一样强烈。确实，如果我们到此为止，不把一个世界与神的普世黄昏办成最后一个人类的葬礼，那么我们仍然是谦虚的。最客观的天文学家也想象不到，生机断绝的地球与人类发光的、飘动的坟地有何区别。

# 何 处 急 需 冷 漠

何处急需冷漠。——不会有什么比这更思维混乱了：想要等待终有一天科学会查明关于最初和最终的事物的情况，而直至那时却仍然以传统的方式思考（尤其是信仰！）——就像我们经常被要求这么做的。那种想在这个领域完全确定的冲动，是一种宗教的事后冲动，仅仅如此——一种隐藏的、只做个形式性怀疑的“形而上需求”，与这样一种私下的念头相结合：这种最终的确定性，将会长期不可见，直到那时候，“虔诚者”对于那整个领域都是有道理这一点，毫不关心。我们想要过一种丰富的、非常好的人生，根本不需要这种关于最远视野的确定性：就像想做一只好蚂蚁的蚂蚁，也不需要它一样。更应该说，我们必须明白，我们长期讨厌那些事物的重要性，最初究竟是从哪里来的，为此我们需要伦理感和宗教感的历史。那些最尖锐的知识问题，只有在这些感觉的影响之下，才变得对我们这么重要、这么可怕；人们将罪与罚（而且是永远的罚！）概念拽入了精神的目光投向那里，但是其中最远的领域却未能涉足：这些领域越黑暗，这样的做法就越放肆。

自古以来，人们就在无法确定任何东西的地方大胆想象，并说服后代认真对待这些想象，并信以为真，最后拿出一张丑陋的王牌：信仰比知识更有价值。现在，在那些最终的事物方面，我们迫切需要的不是与信仰对立的知识，而是在那些领域里与信仰和所谓的知识对立的冷漠！——有种东西在说教中对我们而言至关重要，除此之外，所有其他东西都必然离我们更近，我指的是这些问题：人的目的是什么？人死后的命运如何？人如何与上帝达成和解？以及类似的一些奇怪的问题。像这些宗教界的问题一样，哲学教条主义者的问题也跟我们无关，不管他们是唯心主义者、唯物主义者，还是现实主义者。在既不急需信仰也不急需知识的领域，他们全都热衷于逼我们做出一个决定，如果在一切可以研究、可以通向理性的东西周围，有一片被迷雾笼罩的虚假的沼泽地带，有一条不能通过、亘古长流、难以辨别的带状物，那么即使对于最伟大的知识爱好者来说，这也是更为有用的。明亮而亲近的、最直接的知识世界，正是通过同知识大地边缘的黑暗王国的对比，才不断增加了它的价值。

——最直接的事物的好邻居，不再像至今的情况那样，眼光轻蔑地越过它们，朝向云层和夜晚出现的恶魔。在森林和洞窟里，在沼泽地带，在浓云堆积的天空下，例如在几千年文化的各个阶段上，——人类活得那么久，而且活得那么可怜。在那里，人类学会了轻视现在、轻视邻人、轻视生命，甚至轻视自己——而我们，这些在较为明亮的自然和精神原野里居住的人，现在仍然在我们的血液中继承了一点这种蔑视最直接事物的毒剂。

# 深刻的解释

深刻的解释。——比实际意味“更深刻的解释”作者的话的人并没有解释这位作者，而是掩盖了他。我们的形而上学家就是以这样对待自然的文本的，甚至更恶劣。他们为了显示深刻的解释，第一步就是经常从这方面修改文本：换句话说，他们破坏它。作为毁坏文本、遮蔽作者的特例，叔本华关于妇女怀孕的一些看法，我们可以在这里思考一下。他说，生命意志在时间中长存的标志是性交；重新与这种意志相结合、一直存在被救可能、最清晰的知识之光的标志，使生命意志重新成为肉身；重新成为肉身的标志就是怀孕，于是妊娠坦然地甚至自豪地走来，而性交却爬着过来，像罪犯似的。叔本华断言，如果妇女在生殖行为中被人撞见，会羞得要死，可是却“毫不羞耻地，甚至自豪地炫耀她们的妊娠”。尤其是，这是最容易自我炫耀的状况；因为叔本华恰恰只强调这种炫耀的目的性，所以他就准备了文本，让它和事先准备的“解释”保持一致。然后我们要说的是，他关于要解释的现象的普遍性所说的话，是与事实不符的：他谈论“每一个女人”，但是，许多女人，尤其是比较年轻的女人，经常在这种状况中，甚至在至亲面前，显示出一种痛苦的羞涩；而年龄略大和最大的妇女，尤其是那些来自较底层的妇女，事实上会引以为豪，她们大概在以此告知众人，她们的男人被她们所吸引。邻居或过路人看到她们的时候，会这样说或想：“确实有这种可能。”——在教养水平低下的情况下，这种实施总是会被女性虚荣欣然接受。反之，正如可以从叔本华的命题中推断出来的那样，正是最聪明、最有教养的女人会最为她们的状况而公开得意扬扬：她们确实有最大的希望生个有聪明的神童，在这神童身上，“意志”为了大家的利益会再一次“否定”自己；蠢女人会反着来，找尽理由，比隐藏任何东西都更加害羞地隐藏起她们的妊娠。——这样的事情不是现实。妊娠状态中的女性比她们通常情况下更多地流露出沾沾自喜，假定叔本华的这一说法是有道理的，那么就会有一个比他的解释更现成的解释。你可以想象母鸡在下蛋前也咯咯地叫，叫的内容就是：看吧，看！我要下蛋了！我要下蛋了！

# 习 惯 性 的 羞 愧

习惯性的羞愧。——为什么我们得到了所谓“不应得”的善待和表扬时，我们就会感到羞愧？这时候，我们似乎认为，我们挤入了一个不该进的、该被拒之门外的领域，几乎是一个我们不能涉足的圣地或神域。然而，是别人的错误让我们进入那里的，而现在外面心中充满了一些恐惧、一些敬畏、一些惊讶，在逃走和享受这幸福时光及其恩赐的好处之间，我们犹豫不决。在所有羞愧中都有一种似乎被我们亵渎或者处于被亵渎的危险中的神秘；一切恩赐都制造羞愧。但是如果我们考虑到我们根本从来就不“应得”某样东西，假如人们在对事物的基督教式的全面观察中热衷于这种观点，那么羞愧感就会成为惯性：因为这样的上帝似乎不断地只赐福于一个人，只对一个人慈悲。

但是，除了这种基督教的解释以外，还有完全无神的智者，他们坚持所有行为和所有人都彻底不负责任、彻底不配得到任何东西的观点，甚至对于他们，也可能会有那种习惯性羞愧的状态：如果他得到的待遇就好像全部理所应当，那么他似乎就挤入了人的一个更高级别，这个级别的人一般应该得到某种东西，他们是自由的，能真正地支配自己的愿望和能力。谁要是对这位智者说：“你应该得到它”，谁就好像在对他喊：“你不是人，而是神。”

# 戴 着 链 条 跳 舞

戴着链条跳舞。——应该问每个希腊艺术家、诗人、作家一下：他所承担的、让同时代人着迷（以至于他发现有模仿者）的新压力是什么？因为人们称之为“发明”（例如在有韵律的事物中）的东西，始终是这样一种自己给自己套上的锁链。“戴着锁链跳舞”，为难自己，然后给这一切披上轻松的外衣。大量继承来的公式和史诗叙事规则，在荷马那里就已初见端倪，他不得不戴着这些公式和规则的锁链跳舞：而他自己另外为后来者造成新的常规。这是希腊诗人受教育的学校，换句话说，首先让自己承受以前诗人造就的各种压力；然后再另外发明一种新的压力，承担它，再优雅地战胜它：这样一来，压力和胜利就会获得注意和赞美。

# 欢 乐 的 含 义

最近发生了一件非常重大的事："上帝死了"，基督教的上帝不再值得相信。

当这件事情发生的时候，欧洲大陆最先受到影响，不管如何，至少对那些用疑惑的目光审视这场戏的人而言，太阳就像陨落了一样，一种古老而神秘的信任变成了谎言，我们的世界注定会因此走向黑暗和衰弱。我们或许可以这样说：这件事情太严重了，对于大多数人来说都难以理解，因此他们从未接触过这些，也就不会明白由此产生的后果，以及哪些东西将会随之消失，例如，整个欧洲的道德观念，原本都是依附于这个信仰的。

即将出现的破败、沉沦、毁灭的一系列后果，又有谁能够充分地预测到眼前的状况，才配得上成为宣布这种可怕的逻辑的导师呢？才配得上宣布这种从未发生过的日食和阴暗的预言家呢？

人类是天生的解谜人，站在山顶上展望未来，夹在今天和未来这两者的矛盾之间，就好像下一个世纪的第一胎婴儿一样。现在，我们已经可以看见那很快就会笼罩在欧洲大陆之上的阴影了，但是，到底是什么原因，对这些阴暗我们竟然毫无同情之心？而且对自己的安慰毫不关心，反而对这阴暗的到来极为期盼？可能是近期这些事件深深地影响了我们吧！可能这些影响与人们估计的恰恰相反，不是悲伤和沉沦，而是一种难以言喻的新的明亮、幸福、欢愉和勇气……

确实，只要“上帝已死”这个消息传到哲学家与“自由自在的天才”的耳朵里，他们就会立刻觉得整个身体沉浸在新鲜的朝霞之下，感激之情与期待的洪流也就会流动在我们心中。最终，我们的视野无限宽广。尽管这时的视野不太明亮，但是我们的航船已经再次出发，为了面对重重危险，更是已经做好了一切准备；为了伟大的知识，我们再次开始了冒险的旅程；我们的海洋也再度敞开前所未见的胸怀。

这句话人尽皆知：在科学的领域，信念并没有公民权。除非贬低自己的信念，让它们变成某种谦虚的假设、短暂的尝试、可以变换的幻想，科学的领域才会批准其进入，或者在某种价值给予认可，但是，这一切必须加上一项限制——它们的所作所为必须被监视。

更准确点说，这是否就代表当一种信念不再被重视的时候，就可以进入科学的领域呢？是否对科学的约束就代表人们不应该轻易地产生信念呢？或许如此吧！但是我们必须质问一句：如果约束生效，是否必须具备专横的强制、绝对的信念，以此让其他信念成为它的牺牲品呢？

大家都知道，科学必须建立在某种信念的基础上，绝对不存在“没有假设”的科学。真理是我们的必需品吗？对于这个问题，首先我们应该肯定地回答“是”；其次，让所有原则和信念如此回应：

“真理极为重要，任何与之相比的其他事物都略低一筹。”那么，追求真理的绝对意志是什么呢？是不被骗和不欺骗吗？

追求真理的意愿可以解释为“没有欺骗”的意志，首先就要做到“不欺骗”，这个法则也包括“不自欺”。但是，人为什么不愿意骗人和被骗呢？有人这么说过，“不欺骗”和“不被骗”完全没有共同范围。不愿被骗，这是因为被骗于人于己都有害，甚至会带来毁灭性的损害。因此，人们对科学提出正当的责问是一种历久不衰的智慧，可以说这也是一种功利。那么，单方面不愿被骗真的可以减少伤害吗？对于生活的了解，信或不信决定了最大的益处？如果两个都需要，那么科学应该如何得到它赖以生存的绝对信仰——重于一切的东西——真理呢？如果真理与非真理都在证明自己的功利性，那么信念就产生不了了。事实如此。

因此，就科学的信仰来说，它的存在理所当然。信仰并非出自功利，而是出自追求真理的意志。当我们以科学之名将所有信仰杀死，我们就明白了什么叫不惜一切！因此，追求真理的意志不是意味着“不欺骗”和“不被骗”，而是意味着“不愿意骗人，更不愿意自欺”。对此，我们别无选择。于是，道德出场了。人们总是一味地问自己：“我为什么不愿意欺骗别人呢？”尤其是在生活出现虚伪的时候（这种情况必然出现），我所说的虚伪是指——欺骗、错觉和诱惑；但是，它又总是伪装成忠诚，也许这就叫作企图，或者堂·吉诃德式的荒唐，又或者某种可恶的东西，例如，敌视生命或者毁灭性的原则。因此，“追求真理的意志”可能就变成了追求死亡的意志。

将科学的问题引入道德的问题上到底有什么企图？假如生活、历史、自然都不道德，那么道德也就没用了。所以，在一个寻求真理、相信科学的人看来，世界与生活、历史、自然紧密相关。但是，到了什么程度他才会相信这一另外的世界呢？他会不会因此否定这一另外的世界的对立面，即现实的世界呢？

据说，对于科学，人们早就明白，它始终还是依赖于一种形而上学的信仰（我也这么认为）。即使是如今的求知者、无神论者、反形而上学者，也是依赖于那个古老的信仰——基督徒和柏拉图所点燃的火堆中取火的，上帝就是他们眼中的真理……但是，当这种信仰不再可信，或者证明不了自己的神圣，又或者上帝也承认自己就是谎言的时候，会有什么样的局面出现？

# 爱情观之男女有别

尽管我对一夫一妻制的观点做出过让步，但我绝不承认人们的这个认知：一夫一妻制婚姻中男女平等。根本就没有所谓的平等。双方对爱情的理解不同，对爱情的前提条件，即一方不强求对方的情感及爱情观和自己完全相同，理解也有差异。

女人的爱情观是显而易见的，那就是彻底地、毫无保留地、无所顾忌地奉献灵与肉，甚至一想到如果奉献时带上附加条件就感到羞愧、慌张。基于这种无条件奉献的情况，男人的爱情便只是一种信念：女人没有别的信念。如果一个男人爱上了一个女人，他就要得到女人的爱。这样，他与女人之爱的前提条件就背道而驰、大相径庭。除非世上也有想要完全奉献自己的男人，要真的是这样，他们也就不是男人了。如果男人像女人那样去爱，他就会沦为奴隶；但女人若是那样，便会成为更加完美的女人……

女人无条件地放弃自己的权利，这种激情的前提是男人不要有同样的激情，不能同样放弃。如果双方都为爱情而放弃自我，我的确不知道会有什么结果？或许是人去楼空吧！女人希望自己能被男人当成占有物，希望为“被占有”而献身，所以希望得到一个接受她的男人，并且这个男人什么都不必付出，反而会因女人而变得丰富，也就是说在女人的奉献下，他的力量、幸福和信念一直在增强。我想，女人奉献而男人接受，这是明摆着的矛盾，人们想通过任何社会契约、要求平等的良好意愿去超越，这是不可能的，那么，反而是这些符合心愿，不要总是把这一矛盾的冷酷、可怕、不可理喻、不道德等属性放在眼前，因为从整体上看，爱情属于天性，一般情况下，天性总是有点“不道德”的。

女人的爱情还包含忠诚，这是从爱情定义中衍生出来的；而忠诚，很容易被男人当作爱情的后果，比如当作感谢、特别的情趣、所谓的心灵融洽等，但从不属于男人之爱的本质。所以人们有理由说，爱情和忠诚在男人身上生而对立，他们的爱情就是占有欲，而并不是奉献和放弃，占有欲每次的结果又都是占有……

男人基本不会承认维持他的爱情的正是“占有”，但这却是事实，这正是他的占有欲更巧妙、更令人怀疑之处。他轻易不承认，一个女人已经没有什么好“奉献”给他了。

这时，我们的兴趣往往就转移了，转向了书本，但我们不是死读书从书本中获得思想的人。我们习惯于户外思考、散步、跳跃、攀登和跳舞，最好在空旷的山野，或者海滨。在这些地方，连小径都会露出思索的表情。至于音乐、人和书籍的价值，我们不禁会先问道：“它会走路吗？它会舞蹈吗？”……

虽然我们读书很少，但并不代表比别人读得差——噢，我们能瞬间洞见别人思想的起源，可以知道他面对墨水瓶，猫着腰，奋笔疾书；噢，我们是很快地看完了他的作品；我敢打赌，他那被牢牢抓住的五脏六腑将他的秘密泄露了！就像他那陋室的空气、天花板和狭窄的空间一样泄露了他的秘密。这便是我合上一本朴实但思想深邃的书所产生的感觉，顿生感激，如释重负……

在学者的著作中，几乎总充斥着某种压抑和被压抑的东西，“专家”总会在著作中显现自己的热情、形象、愤怒、真诚以及对“蜗居”的躬身致敬——大凡专家都是驼背的。一部学术专著是被扭曲的心灵的反映。实际上，每种职业都是扭曲的。

那些共度青春，现在略有所成的朋友，让我们再次相遇吧！噢，我们遇见的跟他们实际的结局总是相反的！他们一直被科学指使，被弄得神魂颠倒！在狭窄的一角容身，被压抑得麻木不仁，丧失自由又心理失衡，骨瘦如柴，瘦骨嶙峋，没有一处是圆的。久别重逢，他们激动得语无伦次。

无论是哪种职业，即使日进斗金的优厚待遇，他给你的压力也会像压着一块铅做的天花板，让你的心灵扭曲。这是不容置疑的事实。我们认为这种畸形是不可能通过某种教育技巧避免的，世上的高超技巧要付出高昂的代价。人们不惜一切代价试图掌握专业，然而最终还是沦为了专业的牺牲品。我同时代的先生们，你们不希望也这样吧？你们 想“少”付出一些，但要生活得舒服一些，对吧？如果是这样的话，你们会立刻得到不同的结果，你们变成了作家，圆滑世故、见风使舵的作家，而不是职业大师。而作家是不会驼背的——除了以思想界售货员和教育“载体”的身份向你鞠躬时——作家其实不值一提，但他几乎“代表”一切，扮演并“代表”专家，同时又卑微地表明自己被人包养着，也被尊敬和欢迎着。

我尊敬的朋友们！我倒是愿意为你们的驼背祝福！为你们和我一样

蔑视这些作家和教育界的寄生虫而祝福！为你们拥有金钱无法衡量的见解却不与思想界做交易，为你们不去具备也就不去代表，为你们只是想当职业大师和尊崇技艺，勇往直前地拒绝文学艺术中一切虚假、半真半假、煽惑、矫饰、看似杰出的做戏一样的东西，总而言之，拒绝一切还在你们面前的教育排练，我为你们这所有的祝福！（尽管天才善于掩饰那些缺点，但却不能根本克服，看看我们身边天才的画家和音乐家就知道了。他们统统狡猾地创造出模仿的格调、暂时的替代品，甚至原则，来获取那一类教育排练、教条化的外表，同时又不以此来蒙骗自己，不以已经自知理亏的良知长久沉默。你们知道吗？当代伟大艺术家哪个不是因为做了亏心事愧对他人而痛苦不堪的呢……）

# 什　么　是　高　贵

我一直想将“哲学家”一词与某一个特殊概念联系起来，徒劳无功之后——由此也发现了种种矛盾的特性——终于认识到，此后的立法者原来是两种不同的哲学家：

1.一种是要建立一类不同以往的估价（逻辑上与道德上）体系；

2.一种是此类估价的立法者。

第一种哲学家尝试着利用当今或过去的世界，将各类事物用文字符号加以概括与压缩。以实现让我们学会观察、回顾、洞悉与利用发生的所有事件的目的——其为人类服务的宗旨是：让过去服务于未来。

而第二种哲学家则作为发号施令者存在。他们说道：“事情本应该如此。”只有他们才能确定“目标”与“方向”，规定什么有益于人，什么无益于人；他们享有科学者的试验成就，在他们眼中，所有知识只不过是用于创造的手段而已。而这种哲学家成功的概率微乎其微。实际上，他们处于极其危险的环境里，处处危机。他们经常闭上眼睛自我欺骗，不愿去看那一丝将他们同深渊（即彻底毁灭）隔开的缝隙。比如柏拉图，他就坚信自己想象的“善”并不是柏拉图之善，而是“自在之善”，如同一个名叫柏拉图的人偶然捡到的永恒的珍宝！宗教创办者的思维，就是这样被一种盲目意志用更为笨拙的方式控制着。在他们的耳朵里，千万不要他们口中的“你应”听作“我要”——仅仅因为那是上帝的命令，他们才能勇敢地完成使命；只有他们把对上帝的观念当作“灵感”时，才不至于变成一项压垮自己良心的重荷。

如果柏拉图与穆罕默德这两颗宽心药失效，“上帝”或者“永恒价值”这一类的玩意儿也就不会再被哪个思想家拿来安慰内心了；而价值立法者则会重新提出一个前所未有的可怕要求。现如今，那些上帝的选民们——他们面前已经现出这种朦胧的责任——试图看看自己能否采用“及时”躲避的方式逃脱责任，就像自己逃过劫数那样。比如他们会假装自己已经完成了使命；会直接说完不成；会说任务实在太艰巨了；会说自己接受了其他更合适的任务；会说这种新形式的没有尽头的责任就等于诱骗。这种逃避所有责任的行为是脑子混乱的、病态的。实际上，很多人已经达到了逃脱责任的目的。这些逃兵的姓名与他们丑恶良心的斑斑劣迹，留在了历史的各个角落。然而他们中的大多数都得以解脱，即十分熟悉的地步。到了那一刻，他们原本“不想做”的事，也不得不做了；先前他们还望而生畏的事物立刻变得如同苹果落地般地唾手可得，就像老天的赏赐一样。

# 什 么 是 高 贵 ？

——是最浅薄的小心谨慎。因为这种谨慎早已界定清楚，无法混淆。

——是谈吐、衣着、举止方面的轻率体现。斯多葛主义的严肃与自我强制可以把一切夸张的好奇心扼杀。

——是缓慢的步伐、呆滞的眼神。它们的出现，导致世界上再也没有更具价值的东西了。因为它们希望自身变得有价值。所以我们很难去惊讶。

——是对贫苦甚至疾病的忍受。

——是不沽名钓誉，不轻信那些满口谀辞的人！因为他们自以为懂得他们夸赞的目标：但要明白——巴尔扎克，这个急功近利者的代表说出了心里话——知道，等于无所谓。

——是我们对人性可知论的严重怀疑。对我们而言，不是我们选择孤独，而是孤独选择我们。

——是坚信人们只对同等地位的人尽义务，而无视其他。因为他们坚信只有在同等地位的人群中才会享有正义感（很遗憾！这不可能一蹴而就）。

——是对“天才”人物的嘲弄与讥讽，即坚信道德只存在于天生的贵族身上。

——是认为自己应该被人尊重。因为世上罕有尊重他人的人。

——是喜欢隐藏伪装自己。因为越高尚的本性，就越需要隐藏。如果真的有上帝，那么出于礼貌，他也要长得跟普通人一样。

——是可靠地具有过闲暇生活的能力。人们只要身负技艺，都会损害高贵，不管我们对“勤奋”是尊重还是肯定。我们没有以市民的角度去评议它，也和那些贪心不足、捕风捉影的艺术家们的所作所为不同，他们就像一群老母鸡，咯咯咯地叫，下个蛋；再咯咯咯地叫。

——我们保护那些身负绝技的艺术家、诗人与大师。但是比起这些只会做事的“生产者”，我们更胜一筹，所以不能和他们混为一谈。

——对各类形式感兴趣；自愿为所有形式的事物辩护，认为客套是最大的美德；怀疑所有特立独行的种类，比如新闻自由与思想自由；因为它们只是让人长了肌肉，没长脑子。

——对女人的兴趣，或许是一种更为精细微妙的爱好。遇见这种终日在歌舞、醉酒与装扮中沉迷的人是多么惬意的事情啊！她们让所有拥有远望与激情的男性灵魂狂热；而后者则是拥有伟大抱负的人。

——是对皇族与僧侣的热衷。从普遍意义上来看，他们坚守着人有价值差异的信仰，也如此评价历史——至少表面上如此。

——是沉默的本领。却在听众面前不发一言。

——是对长久敌意的忍耐。是因为对轻松化解无能为力。

——是对煽动、“启蒙运动”“和谐”与粗俗亲昵的厌恶。

——是对珍贵事物的积累，对高级的与挑剔的灵魂的需求；对寻常事物予以否定，对自己的书籍与处境予以肯定。

——不管经验好坏，我们都应奋起反抗，一定要让它们普及的速度变慢。如果有人将自己低劣的审美当作规范，而我们还要反对他，那么这件事就可笑至极了！

——是我们对幼稚的热爱，以及把这些幼稚者当作高等人与旁观者。我认为，浮士德与他的甘泪卿同样幼稚。

——是我们中间无视善良的人，因为他们是群畜。我们知道，在最险恶、最冷酷的人中，往往隐藏着一滴能量无限的善的金汁，它胜过所有娇嫩灵魂的单纯伪善。

——是我们认为我们的恶习和蠢行不该受谴责。我们很清楚这难以被认可，然而我们理由充分地让自己拥有光荣的地位。

均衡状态从未实现过，因为毫无可能性。但是或许在不确定的空间会有例外。在球状空间也一样。空间的结构源于运动，实际上，这也是造成一切“不完美性”的原因。“力”“安定性”与“均衡”之间斗来斗去；力的量（即大小）是固定的，可是力的能力却有流动性。

批判“超时间性”。在力保持确定的瞬间，就具有了重新分配所有力的绝佳条件；力，不可静止。“变化”属于本质，时间性也如此。只不过是在概念上重新设定了变化的必然性。

## 生 活 的 热 忱

你们想要“顺其自然”的生活？噢，高尚的斯多葛派们，只会信口雌黄！想象自己是自然一样的存在物，无节制的奢侈、无限制的冷漠、没有目的、没有正义与同情，可怕而荒凉，并且流浪，想象自己是一股冷漠的力量——这种冷漠的生活你们怎么忍受？——人们的生活之所以存在不正是为了区别自然吗？难道生活不就是评价、选择所爱，不仗义，受限制，力图区别于自然的愿望吗？就算你们真的“顺应自然而生活”，你们又怎么活得跟它不一样？为什么你们要按照自己认可和不得不认可的事物造出一种原则？实际上，你们不是这样的：你们装作欣喜若狂，抬出自以为得自自然的规则，却干着相反的勾当——多么优秀的演员与自欺者！你们傲慢地在自然本身上强加你们的道德与意图，并自行定义道德理想为“顺应斯多葛的自然”，还要求一切生命按照你们的形象来塑造，以此象征某种斯多葛主义的永恒光辉与高唱赞歌！把自己束缚进对真理的热爱之中，如此长久而执着、如此死板而呆滞地以斯多葛式的眼光看待自然，以至于再也容不下另一种视角——甚至在某种无法言喻的傲慢的驱使下，让你们保持极端的希望，因为你们本身就在这种自虐中沉迷——斯多葛主义就是这样，同时也使自然充满暴虐之色——难道斯多葛派不是自然的一部分吗？……但这只不过是一个永恒的故事：斯多葛派过去发生的故事，今天仍在发生；只要有一种哲学开始自信，它就将按照自己的思维创造世界，不会有其他可能。哲学便是这施暴冲动的本身，便是最权威的意志，“创世”的欲望，探求首因的意志。

对于所谓的热忱与雅致，我甚至要用上“狡猾”一词。如今的人们，带着这种态度在欧洲各处寻找，以探求“现实世界与虚假世界”的课题，引发各种话题，让人驻足围观；无论是在台前还是幕后，如果一个人只听到一声“追求真理的意志”而听不见其他内容，一定不能吹嘘自己有一对灵敏的耳朵。事实上，在极个别的场合，这种追求真理的意志——某种放肆而满是冒险性质的勇气，某种形而上学者带有绝望色彩的坚持到底——确实有参与的可能。最终，他们宁可对满地的“确定性”抓住不放，也不愿对整车的可能性看上一眼。甚至还带着清教徒般的狂热劲儿，宁可死于无，也不愿理睬不确定之物。可这都是虚无主义，一种绝望而垂死的灵魂状态：即便这是源自美德而表现的勇敢。

然而，对于更为强势的、充满生机、渴望生命的思想家，或许会有不同的情况。他们党派不同，反对假象，以傲慢的口气谈论“透视法”，他们以对待“地球是静止的”这一假说的态度来估量自身肉体的可信性，并在这种态度的基础上得意扬扬地把最保险的占有物放跑了（目前还有什么比自己的肉体更可靠的呢？）。谁又能保证他们不是要把前人所占有的更为保险的事物抢回来呢？即以前的某种信仰，或者“不死的灵魂”，又或是“老朽的上帝”，总之就是某种观念。这些观念比“现代观念”能让他们生活得更好、更有活力、更快乐，不是吗？这既是对现代观念的一种不信任，也是对昨天与今天所建构的一切的非信仰；对于自己的轻率举动，他们或许会表现出厌烦与自嘲，并对乱七八糟、概念破烂的出身再也无法忍受。现在，它既是那些所谓的实证主义摆到市场上兜售的破烂货，又是被牵到繁杂的现实性哲学市场上的一头蠢驴。这些看似花样百出的东西，实际没有一点新意，也没有一点档次。在我看来，人们应该记住这个例子，去证明当今的（怀疑论的）反现实与认识的微观分析。他们的本能妥当地将它们同时髦的现实分离开来——我们才不关心他们倒退的秘密！他们并不是为了“后退”，而是离开。如果多一分力量、勇气与艺术家的才干，他们就会溜之大吉——而非后退！

# 致 现 实 主 义 者

清醒的人们，你们总认为自己是反对激情和幻想的人，总是喜欢在自己的空虚中创造出豪情和矫饰。你们这些自诩现实主义的人，总是习惯于这样暗示他人：世界是真实呈现于你们面前的，它也只会在你们面前揭开神秘的面纱，展示堪称精华的一面。

——噢，亲爱的赛斯之形象！

揭开神秘的面纱，你们不也如同水中的鱼儿，

是豪情万丈、孤独冷静的生灵，

不也如同热恋的艺术家吗？

但是，你到底知不知道，在一个热恋的艺术家眼中，什么才是“真实”？那些来自过去几个世纪的充满激情与热恋感觉的事物，你们依然深爱着！在你们的清醒里总是有似有似无却又无法消除的朦胧醉意掺杂其中！就以“真实”的爱恋举例，那可真的是一种纯粹而原始的“爱”！它与一些幻想、偏见甚至与非理、无知、恐惧等相互掺杂，在一切情感和感官印象之中充斥。

那一座山、一片云的“真实”作何解释？清醒的人们，你们可以抽离出对那山那云的幻象和那些人为的添加物吗？你们自己的出身、历史以及学前的教育，甚至是你们的整个人性与兽性，这一切你们都能遗忘吗？

对我们来说，“真实”并不存在；对你们也是如此。事实上，我们之间并没有你们所想得那么陌生。可是，我们想要超越醉意的良好愿望的强烈程度，或许跟你们无法克服醉意的信念一样。

对于南欧人喜欢的所有东西的鄙俗性——无论是意大利的歌剧（比如罗西尼和贝利尼的），还是西班牙的冒险小说（比如我们最为熟悉的吉尔·布拉斯的法文版小说），我都很熟悉，不过我还不至于为它们伤心。这种鄙俗就像人们在庞贝市漫步时，或者在阅读古书时所碰见的鄙俗。

那么从哪里产生的鄙俗性呢？是缺少羞耻心的原因，还是鄙俗之物十分自信的原因，才能够很有气势地出场吗？难道这就像同样鄙俗的音乐和小说中所描写的那些高雅、妩媚、激情的东西一样吗？“动物和人一样有自己的权利，可以想去哪儿就去哪儿；然而我亲爱的同代人啊，不管怎么说也是这样的动物！”我觉得这简直就是鄙俗性的注解，也可以看作是南欧人的个性特征。

粗鄙的审美情趣和精致的审美情趣一样，都有属于自己的权利，当粗鄙的审美情趣变成一种巨大的需要、自信的满足、通俗的语言，甚至是一眼就能让人看明白的面具和姿态的时候，也许它的权利会比精良的审美情趣更优先；而仔细选择后的精良的审美情趣中，总是包含着探索性的、尝试性的东西。虽然对于这些我们还没有给它一个确定的解释，但是它永远与通俗化无关，过去现在都无关！从始至终，通俗化只能是一种可怕的面具！

在音乐的华彩乐章和歌剧的欢快旋律之中，这个面具出现了！这完全可以看作是一种远古的生活！如果人们不能理解别人为什么总是喜欢戴着面具，更加不能理解别人在面具上花费的巨大心力，那还怎么谈得上对面具的认识？可以说，这里是古代思想的浴场和栖息地，也许这浴场需要上层的高雅人士，甚至更可能需要下层的鄙俗群众。

我常常为北欧的作品中所表现出的鄙俗趋势感到丢脸，也常常感到痛苦难言，比如德国音乐，艺术家从来不会为自我贬抑而脸红，可我们却因为它而感到羞愧啊！我们被伤害了！因为我们知道，为了我们，它会降低自己！

希腊人——至少雅典人很喜欢听别人夸夸其谈，或许这个特殊的爱好已经成了与非希腊人的一大区别。他们甚至要求站在舞台上的演讲者要有夸夸其谈的激情，并且能够狂喜地、拿腔作势地进行朗诵。不过，在人性里藏着的激情恰恰是低调、沉默、拘谨的！因此就算激情找到了可说之话，那肯定也乱七八糟，而且还没有理性、自惭形秽！

因为希腊人的原因，我们现在好像已经习惯了舞台上的拿腔作势，这就像我们因为意大利人的原因习惯了另一种不自然的、忍受并且喜欢忍受歌唱的激情一样。我们好像特别需要倾听处于极度困境中的人的夸夸其谈，而我们无法在现实世界中满足这种需要。悲剧英雄的命运处于悬崖边上，现实中的人在这种情况下大多会丧失勇气和美好言辞，而他依然镇定自若、口若悬河地慷慨陈词，让人的思想立即变得开朗起来，令我们为之痴狂，或许这“脱离自然的偏差”是为人们的尊严特制的午餐吧。所以，人类需要通过艺术来表达一种高尚的、英雄式的做作与习俗。

如果一个剧作家总是保持一些沉默，而不能够将一切变为理性与言语，那么人们就会很理所当然地批评他；然而，如果一位歌剧家不懂得获取最好的旋律去制造最好的艺术效果，而只知道寻觅那些很有效果的、“符合自然”的喊叫与结巴，那么慢慢地，人们就会越来越不满意他。这样一来，也同样违反了自然规律！由此产生的相关问题就是，在一种更高的激情面前，鄙俗的、“想当然”的激情应该让位！

希腊人在这条路上走得实在太远太远了，简直让人惊讶！他们将戏台搭建得特别狭窄，还拒绝用深层的背景来制造效果；演员不能够有任何面部表情和细微动作，以至于演员们都变成了如同面具一般庄重、生硬的魔鬼，与此同时，他们也从激情的深层内涵抽离了出来，只给激情制定夸夸其谈的规则。他们的目的就是不想出现恐惧与同情的剧场效果，对，他们就是不要恐惧与同情——也许，这是对亚里士多德极致的尊崇！但是，在论及希腊悲剧的最终目的时，亚里士多德显然说得不准确，更别说直抵核心了！

到底用什么方法激发出了希腊悲剧诗人的勤奋、想象力以及竞争热情？我想一定不是用艺术效果来征服观众的意图。雅典人就是为了听演员的优美演说而去看戏的！而索福克勒斯的一生也正是为了写出优美的演说词！也许我的论调有些奇怪，但不管怎样，他们无法与严肃的歌剧相提并论。好像歌剧大师拼尽全力地想让观众理解不了他们塑造的人物。他们都是这种观点，而且还习惯性地调侃道：虽然很多时候一个仓促说起的字眼能够使一位注意力不太集中的观众有所领悟，但是总的来说，剧情应该要明白无误，其实说到底这根本就不重要！当然，或许他们还没有勇气将其对剧中台词的蔑视完全表现出来。罗西尼把一点顽皮加进了自己的戏剧里，甚至恨不得要演员一个劲儿唱“La-La-La-La”，或许这是很明智的做法！人们相信歌剧中的人物的原因，在于相信他们的音调，而不是他们的“言辞”。实际上这就是不同，是美好的“不自然”，人们走进剧院看戏的原因就在于这种美好。即使是歌剧中吟咏的部分，也不一定能够让人听懂其中的意思，采取这种“半音乐”的形式，其实是为了让乐感丰富的耳朵能够在最高雅、最费神的艺术享受中略作休息；当然，过不了多久，观众就会厌烦这种吟咏，滋生抵触情绪。于是他们便开始渴望完美的音乐旋律再度响起。

如果用这个观点来衡量里夏特·瓦格纳的艺术，那又会是什么结果？也许会让人感到异样？我常常这样想，没准人们在他的作品上演之前就已经将他作品中的台词和音乐记熟了，否则人们不可能听得懂。

# 诗歌卷

我该如何顺利地到达山顶?
——放弃思考，专注攀登!

# 第 三 次 蜕 皮

褶皱皴裂了，我的表皮，
我心中之蛇，已经吞下那么多的尘泥，
仍然焦躁饥渴。
我爬在乱石和草丛之中，
饿着肚子，匍匐逶迤，
寻觅我一向用来充饥的——
你，蛇的食物，你，尘泥！

# 我 的 玫 瑰

确实！我的幸福——希望让人得到好处，
所有幸福确实希望让人得到好处！
你们想摘我的玫瑰啊？

你们弯下腰弓着背，
藏身石堆与荆棘之中，
长久地滴着馋的口水！

只因我的幸福——喜欢嘲弄和玩笑！
只因我的幸福——喜欢变化和捉弄！
你们想摘我的玫瑰啊？

# 致一位光明之友

你若不想眼睛和脑袋疲惫，
那就在阴影中奔向太阳！

# 老　实　人

整块木头制成的敌意，
胜过胶合起来的友谊！

# 锈

锈也是必不可少的：只是锋利是不够的！
人们会没完没了地说：“他终究太年轻了！”

# 向　上

“我该如何顺利地到达山顶？”

——放弃思考，专注攀登！

# 解　释

如果我解释自己，就是自我欺骗：
我不能做自己的解释人。
可是谁只在他独有的路上登攀，
他便背着我的形象去光明上面。

# 给悲观主义者的药方

你抱怨说，你深陷绝望？
朋友，总是这种乖僻的思想？
我听见你诅咒，哭闹，口水飞扬——
真叫我烦躁，心伤。
跟我学，朋友！敢作敢当，
吞下一只肥瘦的蛤蟆，
迅速，不要细察！——
这能把恶心反胃预防！

# 请　求

我熟悉许多人的心门，
却不明了自己的身份！
我的眼睛离我太近——
所以我总是看不见自身。
如果我能稍稍远离自己，
也许我对自己会更加有用。
尽管不是远如我的敌人！
挚亲的朋友已然远得过分——
他和我之间毕竟有个中点！
我请求什么，你们能否猜到？

# 我　的　坚　强

我必须走过台阶千级，
我必须向上；而你们的赞叹在我耳边响起：
“太坚强了！难道我们都出自岩石？”——
我必须走过台阶千级，
可是谁愿做其中之一。

# 独 来 独 往 者

我痛恨跟随和驱使。
去服从？不！但也不——统御！
本不是恶鬼凶神，不能使任何人恐惧，
但只有使人恐惧的人才能够驱使。
我尚且痛恨自己驱使自己！
我喜欢像林中鸟，海里鱼，
沉醉于一个美好的瞬间，
在令人沉迷的错觉中隐居沉思，
终于从远方招回家园，
引导我自己去向——我自己。

# 反 正 要 来

“我今天来，因为今天是恰好的时间”——
每个反正要来的人如此寻思。
舆论却对他蓄意挑拨：
“你来得太早！你来得太晚！”

# 疲 惫 者 的 判 断

所有疲惫者都咒骂太阳，

认为树只有唯一的价值——荫凉。

# 降　落

“现在他降了，落了”——你们反复嘲讽，
事实上：他升高了再向下照着你等！

他那过量的幸福是他的苦楚，
他那四溢的光明流向你们的暗处。

# 诗 人 的 虚 荣

给我胶水便好：因为我已找到
用来黏合的木条！
在四个无意义的韵脚里
放进意义——难道不值得骄傲！

# 怀 疑 论 者 的 话

你这辈子已过了一半，
时针移动，你的心儿在打战！
它久久地来回走着，
遍寻不着——它在这犹豫怀疑？

你这辈子已过了一半：
满是痛苦和错漏，时刻紧逼！
你到底寻找什么？何必？——
我正寻找——底细的底细！

# 星 星 的 利 己 主 义

如果我不是围绕着自己
不断转动滚圆的身体，
我如何能坚持追赶太阳
而不被它的烈焰燃起？

# 星　星　的　道　德

注定要走上你的道路，
星星啊，黑暗为什么将你包覆?

你的光环幸福地穿越时间，
你隔绝并远离着岁月的苦难!

你的光辉属于最遥远的世界:
怜悯在你应是一种罪孽!
唯有一个命令于你合适：纯洁!

# 生　活　是　一　面　镜　子

生活就是一面明镜，
我们做梦都想做的，
最首要的事情，
就是在镜中辨认出自己！！

# 诗 人 的 天 职

不久之前，为了乘凉，
我在浓郁的树荫下坐着，
一种轻微而纤巧的声音进入耳朵，
一板一眼地，滴答，滴答。
我生气了，阴着脸色——
但最终退步了，甚至像一个诗人，
自己也随着滴答声咕哝着。

# 当 我 诗 兴 正 浓

音节一个跟着一个往外蹿，
突然禁不住狂笑，笑了整整一刻钟。
你是一个诗人？你是一个诗人？
——“是的，先生，您是一个诗人，”
啄木鸟耸一耸肩。

我在丛林中期待着谁？
我这强盗到底要伏击谁？
一句格言？一个形象？嗖的一声
我的韵律扑向她的脊背。
那稍纵即逝和活蹦乱跳的，诗人
立刻一箭射落，收入诗篇。
——“是的，先生，您是一个诗人，”
啄木鸟耸一耸肩。

我是说，韵律像不像长箭？
当箭头命中要害，
射进遇难者娇小的身躯，
她怎样挣扎、颤动、震撼！

唉，她死了，可怜的小精灵，
或者醉汉似的跌跌绊绊。
——“是的，先生，您是一个诗人，”
啄木鸟耸一耸肩。

仓促写下的歪扭的短句，
醉醺醺的词，怎样推推搡搡！
直到它们有序排列，
挂在“滴答——滴答”的链条上。
现在临时汇聚的暴民高兴了？
而诗人却——得了病？
——“是的，先生，您是一个诗人，”
啄木鸟耸一耸肩。

鸟儿，你在听着？你想恶作剧？
我的头脑已经糊里糊涂，
要是我的心情更加糟糕？
恐惧吧，为我的愤怒恐惧！
然而诗人，
他在怒火中仍然拙劣而合适地编织韵律。
——“是的，先生，您是一个诗人，”
啄木鸟耸一耸肩。

# 在　南　方

我在弯弯的树枝上躺着，
摇着我的疲倦入睡。
一只鸟儿邀请我作客，
我在它的窝里静静休憩。
我在哪里呢？啊，远方，远方！

白茫茫的大海沉沉睡着，
红色的小船在海面停泊。
岩石，无花果树，尖塔和港湾，
羊叫了一声，田园里四面看看——
纯净的南方啊，请收留我！

一步步地来——这不就是生活，
总是齐步走不免德国气和笨拙。
我愿借着狂风飞上云朵，
像鸟儿一起天空翱翔——
飞越重洋，飞向南方。

# 神 秘 的 小 舟

昨夜，万物沉入了梦里，
几乎没有一丝风
带着无端的叹惋穿街过巷，
枕头却不让我安详，
还有罂粟，还有那向来
催人沉睡的——坦荡的良心。

我终于放弃睡觉的想法，
快速地跑向海滩。
月色柔和明亮，
在温暖的沙滩我遇见一个男人和一条小船，
这牧人和羊都睡得正香——
小船瞌睡地和海岸碰撞。

一个小时，又一个小时，
或许过了一年？
突然我的感觉和思想沉入空无所有的地方，
一个没有栅栏的深渊，
张开大嘴——死期到了！

——黎明将至，黑漆漆的深渊里一只小船停泊，
静静地，静静地……
什么发生了？
一声呼唤，呼唤此起彼落：
有过什么？是血？——
没发生任何事！我们在沉睡，
沉睡着万物——哦，睡吧！睡吧！

# 爱 情 的 表 白

（但诗人在这里掉进了陷阱——）

哦，奇迹！他依然飞着？
他上升，但他的翅膀保持静止？
到底是什么托起了他？
如今什么是他的目标、牵引力和绳子？

就像是星星和永远，
现在他住在离人生很远的高处，
甚至可怜那嫉恨——
飞在高空，谁说他只是漂浮！

哦，信天翁！
永远的冲动把我向高空推去。
我思念你：为此
泪流满面——没错，我爱你！

# 这些模糊不清的灵魂

这些模糊不清的灵魂
让我深深地讨厌，
他们的一切荣誉是酷刑，
他们的一切赞扬是庸人自扰和丢脸。

只因我不把他们的绳子
牵引过时代，
他们便对我投以凶狠又讨好的凝视
和绝望的猜忌。

他们心里只想把我谩骂
以及讥笑！
这些眼睛的徒劳搜查
在我身上肯定永远什么都得不到。

# 绝　望　中　的　傻　瓜

啊！我写了些什么在桌子和墙面，
用傻瓜之心和傻瓜之手，
以为这样能将它们妆点？

你们却说："傻瓜的手乱画乱写——
应该把桌子和墙面彻底清洁，
直到不留一丝痕迹！"

请让我跟你们一起干吧——
我也会使用海绵和笤帚，
如同批评家，如同清洁工。

好吧，一旦把这活儿干完，
我反倒看看你们，聪明过度的人，
你们的聪明拿什么把墙面和桌子涂染……

# 我　多　么　幸　福

有一次，我见到了圣马可的白鸽：
静寂的广场上，光阴在午睡。
我在宜人的绿荫里，
悠闲地把支支歌曲像鸽群一样放上蓝天——
又招它们回到这里，
在羽毛上挂一个韵律——
我多么幸福！我多么幸福！

你宁静的天空，闪着蓝色的光辉，
像丝绸罩在色彩斑斓的房屋上空飘来飘去，
我对你（我说什么？）又爱恋，又嫉妒，
又恐惧……
但愿我真的迷醉于你的心魂！
可要把它归还？——
不，你的眼睛是神奇的草地，供我歇息！
——我多么幸福！我多么幸福！

庄严的钟楼，
你带着怎样狮子式的渴望胜利地冲向天空，

历尽了什么样的艰苦！
你深沉的钟声回荡在广场——
用法语说，你是广场的“重音”吗？
我像你一样恋恋不舍，
我知道是出于怎样如丝般柔软的强求……
——我多么幸福！我多么幸福！

稍等，稍等，音乐！先让绿荫变浓，
让它伸展，进入褐色的温暖的长夜！
白天奏鸣多么早啊，
黄金首饰还没有在玫瑰的华美中闪亮，
我又逗留了许久许久，
为了吟诗、浪迹和窃窃私语——
我多么幸福！我多么幸福！

# 向 着 新 的 海 洋

我愿意——投身于你；
从此我满怀信心和勇敢。
大海敞开着，我的热那亚人
驱船驶入一片蔚蓝。

万物闪着常新的光辉，
在时空之上沉沉午睡——
唯有你的眼——大得让人生畏，
紧盯着我，永恒！

# 无　家　可　归

我骑着骏马，
无所畏惧地飞驰向远方。
看见我的了解我，
了解我的称呼我——
无家可归的人。
嗨嗒嗒！
请不要将我抛弃！
我的幸福，明亮的星星！

谁敢大着胆子对我反复询问，
哪里是我的家乡？
我一向不拘束于
空间和如水时光，
如鹰般放肆翱翔！
嗨嗒嗒！
请不要将我抛弃！
我的幸福，迷人的五月！

我终将死去，
与死神亲吻，
但我怎么会相信：
我会躺进坟墓里，
不能再品尝生命的美酒？
嗨嗒嗒！
请不要将我抛弃！
我的幸福，绚烂的美梦！

# 归　乡

1

晚祷的钟声悠悠扬扬，
在田野的天空上回响，
它想要对我表达的是，
在这个广阔的世界里，
终究没有人能够找到他的故乡和天伦之乐：
我们从没有摆脱大地，
到底回到了它的怀里。

2

当钟声悠悠回荡，
我不禁暗暗思量：
我们所有人滚滚奔向永恒的故乡。
谁在无时无刻地挣脱大地的拘锁，
唱一支故乡牧歌，
赞颂天堂的极乐！

3

这是痛苦的岁月，
当我有一次离开；
我的心倍加忧虑，
当我现在已回来。
路上怀抱的希望已被残酷地击毁！
啊，苦难的时光！
啊，不详的岁月！

我久久地哭泣，
在父亲的坟前，
那苦涩的泪水，
落在家庭墓地。
父亲珍贵的房屋，
如今荒凉又阴郁，
我不禁常常逃离，
藏在阴暗的林里。

在浓郁的树荫中，
我忘掉一切不幸，
在恬然的睡梦中，
我的心恢复平宁。
玫瑰和云雀婉转鸣叫，
显示青春的舒畅欢乐，
橡树林催眠了我，
我在树荫下躺着。

# 献　给　陌　生　的　神

有一次，正要继续启程，
投出眺望的目光，
我孤独地高举双手，
举向你，我也逃向你，
在我心灵的深处，
为你筑一座庄严的祭坛，
每一年每一天，
你的声音在向我呼喊。

祭坛上燃烧着最刻骨的一句话：
献给陌生的神。
我属于他，
尽管直到此时我仍然背负亵渎者的恶名：
我属于他，
我感觉到那个圈套把我束缚在战斗里，
可是即使能逃出去，
我仍不得不被他使唤。

我愿结识你，陌生的神，
我的心已被你牢牢俘获，
我的生命就像飘忽的风，
你不可提供，我的亲人！
我愿结识你，甚至侍奉你。

# 醉　歌

人啊，倾听吧！
倾听深邃午夜之声：
“我睡了，我睡了，
我从深邃的梦里醒来：
世界原来如此深沉，
比白天想象的深沉。
它的痛苦如此深沉，
而快乐比忧伤更深；
痛苦说：你滚！
但一切快乐都追求永恒，
追求深邃的、深邃的永恒！”

# 在 朋 友 中

（选自《人性，太人性了》第一卷）

1

一起沉默很好，
一起欢笑却更好，——
头顶着如丝般的天空，
身下是苔藓和书册，
和朋友一起笑得欢畅，
又露出洁白的牙齿。

我干得好，我们就愿一言不发；
我干得差——我们就想笑就笑，
而且干得越来越差，
干得那么差，笑得那么差，
最后往坟墓里一跳。

朋友！没错！真的可以这样？
阿门！明天见！

2

不要原谅！不要饶恕！
请把心灵的自由和欢呼，
给这本愚蠢的书，
给它耳朵和心，给它安身之地！
相信我，朋友，
我的粗鲁愚蠢不会让我被惩罚和受罪！

我何所求，我何所需——
能有什么在这书里？
向我身上的傻瓜致敬！
向这本愚蠢的书学习
理性如何达到“冷静”！

朋友，真的可以这样？
阿门！明天见！

# 致　忧　郁

不要因此将我责备，忧郁女神，
假如我削尖笔要把你高声赞美，
赞美着你，弯腰低头，
孤独地坐着一段树墩。
你时常见我，尤其昨日，
在上午一束灼热的阳光里：
兀鹰饥饿地叫着冲向山涧，
它梦到枯木桩上野兽的尸体。

你弄错了，猛禽，
尽管我像极了木乃伊静静地在我的底座上休息！
你不见那眼睛，
它正喜滋滋地四处眺望，引以为傲兴致高昂。
但是当它没有随你升上高空，
却为最遥远的云波全神贯注，
它那么深地沉溺，
在自身中如闪电般把存在的深渊照亮。

我时常这样坐在深深的荒漠之中，
丑陋地蜷屈，像被用来献祭的野人，
想念着你，忧郁女神，
一个忏悔的人，哪怕在年轻之时！
我如此而坐，为兀鹰的展翅陶醉
以及滚滚雪崩的轰响如雷，
你与我说话，不染人类的欺瞒，
那样真诚，却又面目严酷。

你，心如铁石的庄严女神，
让爱在我身旁现身；
你威胁着指给我看兀鹰的爪迹，
以及雪崩要毁灭我的想法。
周围弥漫着咄咄逼人的杀气：
逼迫自己生存，这痛苦的愿望！
在坚硬的石堆上发挥魅力，
花儿正在那里梦想着蝴蝶。

我是这一切——我发着抖领悟——
被魅惑的蝴蝶，孤独的花枝，
兀鹰和陡峭的冰川，
风暴的怒号——全部都是你的荣光，
你，愤怒的女神，我向你深深鞠躬，
弯腰低头，哼唱那可怕的颂歌，
只是你的荣光，当我毫不屈服渴望着生存，
生存，生存！

不要因此将我责备，愤怒的女神，
假如我用韵律为你精心打扮。
你靠近谁，谁就发抖，露出惊容，
你的怒掌碰到谁，谁就震动。
而我在这里发着抖不停歌唱，
而我在有节律的形式里震动；
墨水肆意而流，笔尖倾诉不停——
现在啊女神，请让我——让我自行其是。

# 友　谊　颂

（残诗二首）

1

友谊女神，请赐予恩泽听听，
我们正在唱友谊之歌！
朋友的眼睛向哪里张望，
哪里就充满友谊的快乐：
幸运眷顾我们的是，
那含情脉脉看来的拂晓的天色，
和忠诚担保永葆青春的神圣法则。

2

晨光消逝了，
而正午用灼热的眼光把头脑折磨；
让我们藏进凉亭里，
逍遥在友谊之歌里，
那人生的绚烂朝霞，
又会是我们灿烂的夕光……

# 流　浪　的　人

一个流浪的人整夜疾行，
迈开的脚步那么坚定；
陪伴他的是——
连绵的高原和曲折的谷峰。
夜色如此美丽——
可他大步向前，一刻不停，
不知道他的路向哪里通行。

“一只鸟儿整夜歌唱；
鸟儿啊，你何必如此！
你何必要把我的心和脚阻挡，
把甜蜜的隐衷和烦恼对我诉说，
使我不得不停下，
不得不凝听——
你何必要用歌和问候诱惑骚扰我？”——

可爱的鸟儿悄悄辩护：
“不，流浪的人，我的歌并非，
并非在招引你——

我在招引我那高原的情人——
这和你有关吗？
我不能孤独地欣赏夜的美景。
这和你有关吗？因为你非要疾行于夜，
而且永永远远不能暂停！
你为什么还在伫立？
我的鸣啭对你有什么害处，
你这流浪的人？”

可爱的鸟儿悄悄思索：
“我的鸣啭对他有什么害处？
他为什么还在伫立？
这可怜、可怜兮兮的流浪的人！”

# 在 冰 河 边

正午的骄阳，
刚刚爬上山头，
男孩睁着疲倦而热切的眼；
他喃喃地胡言乱语，
我们便无奈地随他胡言乱语。
他喘得很急，像病人那样急，
在发烧的夜里。
冰峰、冷杉和清泉和他对答，
我们便眼睁睁地看他们对答。
瀑布从险峻的岩石跃下，
前来道一声安好，
突然站住犹如颤抖的银柱，
焦急地看来看去。
冷杉还一如平常，
沉郁悲凉地伫望，
而在坚冰和僵死的长石之间，
突然闪出光亮——
我见过这光亮，它让我想起——

死者的眼眸，
回光返照地一闪，
当他的孩子满怀忧伤，
拥抱着尸体亲吻；
他僵死的眼睛，
回光返照地一闪，
射出炽烈的火焰：“孩子！
孩子啊，你知道，我爱你！”——

于是，一切都被烧红——
冰山、河流和冷杉——
它们的眼神重复着：
“我们爱你！
孩子啊，你知道，我们爱你，爱你！”——
而他，
男孩睁着疲倦而热切的眼。
满怀忧伤地，将它们亲吻，
热烈地一吻再吻，
依依不舍地；
从他的嘴唇，
吐出细若游丝般的话语，
那不祥的话语：
“当我慰问便是告别，
当我到来便是消失，
当我青春便是在死去。”

万物都在静静听着，

没有一丝一毫呼吸；
鸟儿不再吱吱鸣叫。
山峰瑟缩不停战栗，
犹如一束寒冷的光。
万物都在沉思——
和静静沉默——

正午，
正午的骄阳，
刚刚爬上山头，
男孩睁着疲倦而热切的眼。

# 秋

秋天来了，让人心碎！
飘然远去！飘然远去！——
太阳偷偷爬上山岭，
上升啊上升，
一步一停歇。

世界是多么凋敝！
在快要绷断的弦上，
风儿弹奏它的歌。
对着逃跑的希望——
悲伤叹息低声哭泣。

秋天来了，让人心碎！
飘然远去！飘然远去！——
树上的果实啊，
你可在颤抖、掉落？
黑夜跟你说了一个什么秘密，
把寒栗罩上你的脸庞，
那绯红的脸庞？——

你不愿回应？
那谁在发声？——

秋天来了，让人心碎！
飘然远去！飘然远去！——
“我并不美丽，”
说话的是繁星花，
“但我爱着人类，
只为宽慰人类——
愿他们现在还能欣赏花朵，
臣服于我，
唉！又摘下我——
然后在他们眼中会点亮那回忆，
对那比我更美的花朵的回忆：
——我看着，看着——就此死去。”

秋天来了，让人心碎！
飘然远去！飘然远去！——

# 斯 塔 格 里 诺 的 神 圣 广 场

哦，少女，
轻轻地给小羊梳弄着软毛的少女，
清澈纯净的眼眸中，
一对小火花燃烧的少女，
你是惹人喜爱的小东西，
你是万众宠爱的小宝贝，
心儿那么虔诚那么甜蜜，
最亲爱的！

为什么早早扯掉项链？
是不是有人让你伤心？
是谁怀恋着你，
却又对你薄情？——
你不言不语——
但是那泪水挂在你柔美的眼角边依依不舍——
你不言不语——
为伊消得人憔悴，
最亲爱的！

# “天使号”小双桅船

人们都叫我小天使——
现在是只船，以后是少女，
哎，永永远远是少女！
我那精巧的小舵盘，
为爱情转得多快意。

人们都叫我小天使——
100面小旗为我化妆，
那个英俊的小船长，
站在舱前多么神气，
活像第101面小旗飘来飘去。

人们都叫我小天使——
哪里为我把火燃起，
我就驶向哪里，像只小羊，
急急忙忙地赶着路：
我这只小羊一向都如此。

人们都叫我小天使——

你爱信不信，像只小狗，
我会汪汪汪地不停口，
喷出火焰和蒸汽，
哎，我的小嘴就是个魔王！

人们都叫我小天使——
说话刻薄又疯癫，
把我的小情人都吓坏了，
逃到何处杳无音讯，
真的，他因为我的恶语丢了命！

人们都叫我小天使——
触礁也从来不沉船，
一根肋骨没碰伤过，
可爱灵魂会消灾祸，
真的，就靠那根肋骨消灾祸！

人们都叫我小天使——
现在是只船，以后是少女，
哎，永永远远是少女！
我那精巧的小舵盘，
为爱情转得多快意。

## 虔诚的，令人痴醉的，最亲爱的

我爱你，墓坑！
我爱你，大理石上的谎言！
你们让我的灵魂可笑，
肆意地嘲笑贬低。
可今天——我哭着站在这里，
任我的泪水长流不息。
你的面前，你石头中靓丽身姿，
你的面前，你石头上哀伤词句。

而且——没人必须知道——
这倩影——我热烈地吻它。
彻彻底底地吻了：
什么时候开始人竟然吻——声音？
这里面的道理有谁明了？
怎么？我是墓碑上的小丑！
因为，我承认，
甚至那冗长的碑铭我也吻了一口。

# 友　情

你神圣的，友情！
我的最高希望的，
第一线拂晓之光！
啊，在我面前狭窄小路和黑夜好像没有尽头，
这整个人生，
好像荒唐得离谱又面目可憎！
但我愿再次降临，
当我从你的眼里看到晨光和胜利，
你最亲爱的女神！

# 致 理 想

我爱谁如爱你一般，迷人的幻影！
我把你招至身旁，藏在心中——
此后就像我成了幻影，你有了血肉。
但因为我的眼睛无拘无束，
只习惯观看身外之物：
于是你一直是它永恒的“反对者”。
唉，这眼睛置我于我自己之外！

# 松　和　闪　电

我在超越人与兽地成长：
我说话——无人应答。

我长得那么孤独而高大——
我等待着：等的人是谁？

我的身边是云的天国，——
我为最早的闪电等着。

# 幸　福

幸福，哦，幸福，你最美丽的猎物！
永远看得见却得不到，
永远肯定明天却否定今天——
对你而言你的猎人是否都太幼稚？
你其实可是通往罪恶的僻静小路，
所有罪恶之中，
最迷人的犯罪？

# 雷 声 隆 隆 吼 在 天 空

雷声隆隆吼在天空，
连绵的雨滴滴答答：
迂腐的读书人一早就唠叨，
却无法把他的嘴巴堵住。
白昼刚刚向我的窗户斜瞟，
就传来一声声祈祷！
唠唠叨叨没完没了地说教，
难道万物都那么虚荣！

# 白　昼　静　息　了

白昼静静休息，幸福和光明也静静休息，
中午已经在远方了。
还要多久，将那月、星、风、霜迎到？
如今我已不必长久地徘徊了，
它们已经从树上透出果实的清香。

# 同　情　归　去　来

## 答复

上帝真可怜！
它以为我是不舍离去德意志的温暖，
沉闷的德意志家庭乐趣！

我的朋友，我之所以不得不留在这里，
是为了你的理解，
为了同情你！
为了同情德意志的误会！

## 威尼斯

褐色的夜，
我在桥头伫立，
歌声远远飘来：
金色的雨点，
在颤动的睡眠上溅起、流动。
游船，灯光，音乐——

醉醺醺地在朦胧中来回走动……

我的心弦被无形地拨动了，
把一首船歌悄悄弹奏，
在绚烂的欢乐前颤栗。
——你们谁听见了……

## 绝望

我的心最无法忍受的是，
与吐痰的家伙待在一起！
我已起跑，可跑到哪去？
要不要纵身跳进波涛里？

不断地把一切臭嘴撅起，
把一切喉咙清漱，
不断地把墙壁和地板溅脏——
该诅咒的唾液特质的灵魂！

我宁愿将就这简陋条件
像鸟儿一样在屋顶居住，
我宁愿与盗贼土匪并列，
生存在各种低贱的人群！

诅咒教养，只要它吐痰！
诅咒一打打的德行！

最纯粹的灵性忍受不了，
臭嘴吐出的黄金。

## 决定

要有智慧，因为这是我高兴，
而不是为了混个名头。
我赞美上帝，因为上帝创世，
创得多么愚蠢。

而当我走着自己的路，
走得多么曲折——
于是智者因此开始，
傻瓜却——因此停止。

## 最孤独者

现在，白天厌烦了白天，
小溪又开始淙淙地唱歌，
抚慰那一切的渴望，
天空悬挂在黄金的蛛网里，
低声对每个疲倦者说：“休息吧！”——
忧郁的心啊，你怎么不肯休息，
是什么扎得你双脚流血地奔逃……
你到底期盼着什么？

## 最后的意愿

这样死去，
像我曾目睹的友人之死——
他把闪电和眼光，
神奇地投向我阴郁的青春：
恣意而沉稳，
一位在战场上舞蹈的人——

战斗者中最快乐的，
胜利者中最沉痛的，
在他的命运之上树立一个命运，
坚强，沉思，谨慎——

为他的胜利而颤抖着，
为他胜利时的死而欢呼着——

他死去时仍在指挥——
他指挥人们去破坏……

这样死去，
就像我曾目睹的他的死：
边胜利，边破坏……

## 日落

1

你不用长久地干渴了，
燃烧的心！
这承诺在空气里，
频繁地从陌生地嘴里向我吹来，
——巨大的凉爽正在路上……

我正午的烈日当空照着：
欢迎你们，正在赶来的，
阵阵劲风，
午后清凉的灵魂！

空气神奇而干净地流逝。
黑夜难道不是用斜着的媚眼来勾引我？
坚强点，我那勇敢的心！
没必要问：为了什么事？——

2

我人生的岁月！
太阳向西边落下。
平坦的水面上，
镀了一层黄金。
岩石暖融融的：
也许中午时分，
幸福曾在上面打瞌睡？

如今绿光摇摇晃晃，
幸福仍在棕黄的深渊上嬉戏。

我人生的岁月！
黄昏已经来了。
你半闭的眼睛，
已经火烧般的红，
你露水的泪珠，
已经洁净晶莹，
你的爱情的彩霞，
你迟来的临终幸福和快乐，
已在白茫茫的海上静静移动……

3

来吧，金色的欢畅！
死亡的，
最秘密最甜美的享受！
——我走路难道走得太快？
如今，当双脚已经疲倦，
你的目光才来迎接我，
你的幸福才来迎接我。

四周只有波浪和戏弄。
以往的苦难，
沉入蓝色的遗忘之中，
我的小船如今悠闲地停着。
风暴和航行——怎么都忘了！

心愿和希望都已经沉没，
灵魂和海洋平静地躺着。

第七重孤寂！
我从未感到，
更真切的甜美的安逸，
更温暖的太阳的注视。
——我峰顶的积水尚未烧红吗？
银光闪烁，轻盈，像一条鱼，
我的小船正在飘然而去……

# 箴言卷

达到自己理想的人，
也就因此而超越了理想。

1

地地道道的教师认真对待各种事情——甚至认真对待自己——不过只是认真对待与学生有关的那些事情。

2

“为知识而知识”——这是道德设下的最后一个陷阱：我们因此再一次与道德纠缠在一起。

3

若不是在通向知识的道路上，有如此多的羞愧要加以克服，知识的魅力便会很小。

4

一个人听凭自己堕落，听凭自己被掠夺、被欺骗、被利用或许是缺乏自信的表现。

5

只爱一个人，是一种野蛮的行为，因为这会牺牲所有其他人。只爱上帝亦是如！

6

“这是我干的。”我的记忆说。“我怎么会干出这种事呢？”我的矜持说，并坚持不退让。最终——还是记忆退让了。

7

如果人们未能看到那只手——那双温和地杀人之手，那就是对生命漠不关心。

8

如果一个人有好品德，那他也就有典型的人生经历。情况总是这样的。

9

造就伟人的。不是高尚感情的强度，而是高尚感情的持续时间。

10

达到自己理想的人，也就因此而超越了理想。

11

许多孔雀藏起尾巴，不让人看见——这就是孔雀的矜持。

12

有天才的人，若除了天才之外不具有以下两者，即感恩和纯洁，那就令人无法忍受。

13

一个人好色的程度和本性，往往延伸至其精神的极点。

14

在和平条件下，好斗者会自己攻打自己。

15

一个人在本性的驱使下，会力图控制自己的习惯，或竭力为自己的习惯辩护，或尊重、责备、掩盖自己的习惯。具有相同本性的两个人，很可能会追求根本不同的目标。

16

鄙薄自己的人，却因此而作为鄙薄者尊重自己。

17

一个人知道别人爱自己，可自己却不爱别人，便暴露出了沉淀物：于是沉渣泛起。

18

一件事情得到了解释，也就与我们无关了。——上帝劝告我们："了解你自己！"这究竟是什么意思？意思也许是："别再关心你自己了！要客观而不带偏见！"——变成苏格拉底？——变成"科学家"？

19

在大海上渴死非常可怕的。过于吹嘘真理的价值，真理就不再——止渴了，有必要这样做吗？

20

“同情所有人”——便会对我的好邻居苛刻而暴虐！

21

本能。——房子着火，连午饭都会忘记吃。——是的，可是却会在灰烬上补吃。

22

女人忘记如何妩媚动人的速度越快，学会憎恨他人的速度也就越快。

23

男人与女人的感情是相同的，但进入和摆脱感情的速度不一样；因此，男人和女人总是相互误解。

24

女人有针对某个人的虚荣心，可是，却有并非针对某个人的蔑视——蔑视“女人”。

25

受束缚的心灵，自由精神——当一个人紧紧束缚自己的心灵，囚禁自己的心灵时，会听凭自己的思想享有许多自由：我以前曾说过这一点。但我这样说人们不会相信，除非人们有亲身的体验。

26

很聪明的人不知所措时，人们便开始不相信他们。

27

可怕的经历提出这样一个问题：有这话总经历的人是不是也是可怕的。

28

心情沉重、郁郁寡欢的人，恰恰会由于使他人心情沉重的东西——恨和爱，而变得心情轻松些，脸上暂时有些表情 。

29

这么冷淡，这么冷冰冰的，可一碰到他却会吃苦头！抓住他的每一只手，会嗖地缩回来！——正是由于这一个原因，许多人认为他是炽热的。

30

谁没有为了博得好名声委屈过自己？

31

和蔼谦恭时，男人一点也不招人恨，可是正因为如此，男人太叫人瞧不起了。

32

男人的成熟——意味着重新获得儿时玩耍时的那种一本正经劲儿。

33

对自己的不道德感到羞愧，便迈上了一级梯子，登上梯子的顶端，会对自己的道德也感到羞愧。

34

什么？伟人？我看到的只是尽力实现自己理想的演员。

35

训练自己的良心时，它既吻我们，也咬我们。

36

失望者说。——“我倾听反响，可听到的只是赞扬。”

37

大家都装出一副老实淳朴的样子：于是人人放松了对朋友的警惕。

38

眼光敏锐的人，很可能认为自己是在赋予上帝以动物性。

39

性格坚强的一个迹象是，一旦下了决心，即使对最有说服力的反对意见，也充耳不闻。因而又是一意孤行地要做蠢事。

40

根本没有道德现象这种东西，只有对现象的道德解释。

41

罪犯常常与其罪行不符：他总是为罪行开脱，为自己的所作所为百般辩解。

42

我们的虚荣心很难受到伤害，而我们的自尊心却易于受到伤害。

43

“你想要他对你有好感吗？那你必须在他面前显得局促不安。”

44

对性爱的巨大期望，以及在这种期望之中表现出的羞怯，会在一开始就歪曲对女人的全部看法。

45

既不懂得爱，也不懂得恨，这样的女人是平庸的。

46

我们生活的伟大时代是这样的时刻，我们获得勇气，把我们内在的恶重新命名为我们内心的至善。

47

克服一种感情的意志，最终只是另一种感情或另外若干种感情的意志。

48

有人不知道赞美为何物：一个人若尚未想到自己有一天会被人赞美，他就不知道赞美为何物。

49

我们太厌恶肮脏了。竟忘记了把我们自己弄干净——忘记为我们自己辩护。

50

肉欲常常迫使爱情生长过快，致使根扎得不牢，很容易拔起。

51

受到赞扬而表示高兴，在许多情况下，仅仅是表示礼貌——与精神空虚正相反。

52

当我们不得不改变有关某个人的看法时，我们把由此而带来的麻烦，重重地记在他的账上。

53

你想让人了解的真理越抽象，你就必须把越多的感官吸引到真理那里。

54

魔鬼对上帝了解得更透彻：因而他对上帝敬而远之——魔鬼实际上是知识最老的朋友。

55

某人江郎才尽，无法再显示自己能做什么时，便开始暴露出他是什么样的人。才能也是一种装饰；装饰也是一种掩盖。

56

两性总是相互欺骗：原因是他们实际上只尊重和喜爱自己（或者说得好听些，只尊重和喜爱自己想象中的事物）。男人希望女人温和，但实际上女人像猫一样，从本质上说是不温和的，不管她外表装得多么温和。

57

人常常因美德而受到最严厉的惩罚。

58

无法实现自己理想的人，比没有理想的人过得更没有意义，更加寡廉鲜耻。

59

由感觉产生一切信任，一切坦然的心境，一切真理的证据。

60

伪善并不是好人的堕落，反而在很大程度上，是做好人的一个必要条件。

61

一个人为自己的思想寻找助产士，另一个人寻找要帮忙的人。由此便会产生有益的交谈。

62

与学者和艺术家交往，人们很容易错误估计到相反的方向上去：常发觉一个杰出的学者是个平庸的人，而一个平庸的艺术家却是个非常杰出的人。

63

我们醒着的时候和做梦的时候，所做的事情是一样的：我们只是虚构和想象出与之交往的人——然后立即忘掉他。

64

在报复和恋爱方面，女人比男人野蛮。

65

要填饱肚子，是人不能那么容易地把自己看作上帝的原因。

66

我听到过的最纯洁的话乃是："在真正的爱情中，灵魂裹住肉体。"

67

我们的虚荣心，希望我们尽最大努力成为我们难以成为的那种人。——这关乎许多道德体系的起源。

68

如果一个女人喜欢做学问，那她一般说来，在性的方面就有点毛病。不孕本身会在某种程度上导致趣味的男性化；恕我直言，男人实际上就是“不孕动物”。

69

将男人和女人泛泛地做一番比较，便可以说，女人如果没有做配角的本能，就不会有装饰打扮的天才。

70

与怪兽搏斗的人要谨防自己因此而变成怪兽。如果你长时间地盯着深渊，深渊也会盯着你。

71

诱使邻居对自己有好看法，随后便暗中相信邻居的这种看法——有谁能比女人这么巧妙地玩魔术呢？

72

拥有一种才能是不够的，还必须得到你们的批准，方可拥有这种才能；——朋友们，是吧？

73

由于爱所做的事情，总是发生在善恶的彼岸。

74

不喜欢，躲避，欢快地表示不相信，爱讽刺挖苦，是健康的标志；一切不受限制的事物都属于病理学。

75

悲剧随着感官敏感程度而增减。

76

疯狂就个人而言是少见的，但就集团、政党、国家和时代而言，却屡见不鲜。

77

自杀的念头是一种巨大的安慰：人们借此安然度过许多不眠之夜。

78

不仅是我们的理性，而且我们的良知也屈从于我们最强烈的冲动——我们内心的这个暴君。

79

人把知识传授给他人后，就不再那么热爱知识了。

80

诗人对自己的经历表现得很无耻——对其加以肆无忌惮的利用。

81

爱情将谈情说爱者的隐蔽的高尚品质——难得的好品质暴露出来，因为很容易使人对他的一般品质产生误解。

82

从每个政党的观点看。牧羊人总是需要一只系铃领头羊，否则，他有时就得充当领头羊。

83

人确实可以张嘴说瞎话，但是，脸上所带的不自然表情，却会露出真相。

84

对充满活力的人来说，卿卿我我是叫人感到羞耻的事——是某种贵重的东西。

85

喋喋不休地谈论自己，也可能是掩盖自己的一种手段。

86

赞扬比责备有更多的强加于人的成分。

87

一个人偶尔会出于对人类的爱而拥抱某个人（因为一个人不能拥抱所有人）；但这一点决不应告诉被拥抱的人。

88

对于被轻视的对象，人们不会表示憎恨，只是对于与自己地位相等，或地位高于自己的人，才会表示憎恨。

89

人最终喜爱的是自己的欲望，不是自己想要的东西。

90

其他人的虚荣心只有在和我们的虚荣心相反时，才令我们反感。

91

关于什么是“诚实”，或许至今谁都不够诚实。

92

人们不相信聪明人会做蠢事：人的权利竟丧失到了如此地步！

93

我们所作所为的后果，一股脑儿扣在我们的头上，而对我们在此期间的“改过自新”漠不关心。

94

说谎是无辜的，因为说谎是对一项事业充满信心的标志。

95

一个人遭难时而祈神赐福于他，是没有人性的。

96

与上司关系亲密的会使人有苦难言，因为可能得不到回报。

97

“我感到难受，不是因为你欺骗了我，而是因为我不能再相信你了。”

98

亲切有时透着傲慢，令人感到不快。

99

“我不喜欢他。”——为什么？——“我比不过他。”——有谁这样回答过吗？

# 附　录

生平与评价

# 尼 采 年 表

## 1844年

10月15日诞生于普鲁士萨克森州（Sachsen）的洛肯镇（Röcken）。好几代的祖父与父亲皆为路德教派的牧师。

## 1849年

5岁　7月30日，父亲因脑软化症病逝。

## 1850年

6岁　举家迁往塞尔河畔的南姆堡（Naumburg）。

## 1858年

14岁　10月起，在南姆堡近郊普尔塔高等学校读书。

## 1864年

20岁　10月，进波昂大学，修习神学与古典文献学。

## 1865年

21岁　10月，转入莱比锡大学。初次获读叔本华的著作《意志与表象的世界》。

## 1866年

22岁　开始与李契门下厄尔温·罗德（Ervin Rohde）交往。

## 1867年

23岁　10月，被征召入南姆堡炮兵联队。从马上摔下，胸骨受重伤。

## 1868年

24岁　4月，因伤退伍。11月8日初识瓦格纳。

## 1869年

25岁　2月，受聘巴塞尔大学，担任古典文献学的额外教授。4月，脱离普鲁士国籍，成为瑞士人。5月17日初次访问琉森（Luzern）近效托里普森的瓦格纳家。5月28日在巴塞尔大学发表就任讲演，讲题为“荷马与古典文学”。布克哈特（Jacob Buckchardt）缔交。

## 1870年

26岁　3月，升为正教授。8月，普法战争爆发，志愿从军担任卫生兵。罹赤痢与白喉。10月退伍，返巴塞尔大学。与神学家奥瓦贝克（Franz Overbeck）开始交往。

## 1871年

27岁　执笔《悲剧的诞生》。

## 1872年

28岁　1月，出版《悲剧的诞生》。2月～3月，在巴塞尔大学演讲，发表《德国教育设施之前瞻》（殁后作为遗著初次出版）。4月瓦格纳家迁离托里普森。5月在贝鲁特祭剧场的开工典礼上，与瓦格纳重晤。

## 1873年

29岁　《季节的深思》第一篇出版。发表《希腊人悲剧时代的哲学》中之部分文字（殁后作为遗稿初次出版）。

## 1874年

30岁　发表《季节的深思》第二篇、第三篇。初读法国作家司汤达的小说《红与黑》，如受电击。

## 1875年

31岁　10月，初识音乐家彼德·卡斯特。

## 1876年

32岁　7月，《季节的深思》第四篇出版。8月，贝鲁特剧场演出第一次祝祭剧。9月，与心理学家保罗・李（Raul Ree）缔交，病况恶化。因病，巴塞尔大学课程请假休讲。冬，与保罗・李及梅森伯格同住于索特林。10～11月在索特林与瓦格纳作最后的晤谈。撰写了《人性，太人性的》最初的备忘录。

## 1877年

33岁　9月，回巴塞尔，复于大学授课。

## 1878年

34岁　与瓦格纳的友谊关系终结。1月3日瓦格纳赠送《帕西法尔》（Rarsifal）一书。5月《人性，太人性的》第一篇出版；致瓦格纳最后一封信，附《人性，太人性的》赠书一册。

## 1879年

35岁　重病。辞去巴塞尔大学教席。《人性，太人性的》第二篇上半部出版。

## 1880年

36岁　发表《漂泊者及其影子》，后来作为《人性，太人性的》第二篇下半部分出版。春天，初抵日内瓦，10月，在日内瓦过冬。

## 1881年

37岁　1月完成《曙光》，6月出版，7月在西尔斯・马莉亚过夏，8月，孕育了“永恒之流”的思想。11月27日，在日内瓦初次聆赏比才的《卡门》。

## 1881—1882年

37∽38岁　执笔《快乐的科学》并于同年出版。

## 1882—1888年

38∽44岁　对一切的价值作价值转换的尝试。

## 1882年

38岁　3月，至西西里旅行。4月开始与罗・落乐美交际。5月，完成《快乐的科学》（Diefroliche Wissenschaft），并出版。11月以后，在拉伯罗过冬。

## 1883年

39岁　2月，瓦格纳病逝。执笔撰写《查拉图斯特拉如是说》第一部，6月，出版。7月，执笔《查拉图斯特拉如是说》第二部。12月，在尼斯过冬。

## 1884年

40岁　1月，在威尼斯，执笔撰写《查拉图斯特拉如是说》第三部。8月斯泰因访尼采。11月起执笔《查拉图斯特拉如是说》第四部（1885年私家出版），读陀思妥耶夫斯基的小说《罪与罚》，深深感动。

## 1885年

41岁　执笔《善与恶的超越》。

## 1886年

42岁　5～6月，在莱比锡与厄尔温·罗德做最后一次之晤面。7月，《善与恶的超越》出版。

## 1886年

43岁　7月，完成《道德的系谱》，11月，私家出版。11月11日，致厄尔温·罗德最后一封信。

## 1888年

44岁　1月，因丹麦文艺史家布兰斯的介绍始知有齐克果其人。4月，第一次住在托里诺（Torio）。布兰德斯在哥本哈根大学开“德国哲学家弗烈特李希·尼采讲座”。5～8月执笔《瓦格纳事件》，

9月出版，《戴奥尼索斯之颂》脱稿。8∽9月撰写《偶像的黄昏》（1889年出版）。9月，撰写完《反基督》，10∽11月撰写《瞧！这个人》，12月撰写《尼采对瓦格纳》《心理学家的公文书》，死后收入全集中出版。

## 1889年

45岁　1月初旬，在托里诺遭到最后的打击，患了严重的中风。出现精神分裂现象，被送进耶拿大学医院精神科，母亲赶来照顾。

## 1897年

53岁　复活节，母亲病逝。与妹移居威玛（Weimar），由其妹朝夕看护。

## 1900年

56岁　8月25日在威玛咽下最后一口气息，8月28日葬于故乡洛肯镇。死后与柏拉图、亚里士多德、威宾诺莎、康德、叔本华、黑格尔并列为世界哲学史上不朽的思想家。

# 罗素对尼采的评价

尼采（Nietzsche，1844—1900）自认为是叔本华的后继者，这是对的；然而他在许多地方都胜过了叔本华，特别在他的学说的前后一贯、条理分明上。叔本华的东方式绝念伦理同他的意志全能的形而上学似乎是不调和的；在尼采看来，意志不但在形而上学上居第一位，在伦理上也居第一位。尼采虽然是个教授，却是文艺性的哲学家，不算学院哲学家。他在本体论或认识论方面没创造任何新的专门理论；他之重要首先是在伦理学方面，其次是因为他是一个敏锐的历史批评家。下面我差不多完全限于谈他的伦理学和他对宗教的批评，因为正是他的著作的这一面使他有了影响。

他生平简单。他父亲是一个新教牧师，他的教养有极浓的宗教色彩。他在大学里以研究古典和语言学才华出众，甚至在1869年他尚未取得学位以前，巴泽尔大学就提出给他一个语言学教授的职位，他接受了这个职位。他的健康情况从来不佳，在休过若干时期的病假之后，他终于在1879年不得不退职。此后，他住在瑞士和意大利；1888年他精神失常了，到死一直如此。他对瓦格纳怀着热烈的景仰，但是又跟他起了争论，名义上争论的是《帕济伐尔》，因为尼采认为《帕济伐尔》基督教气味太重、太充满绝念精神了。在这次争论之后，他对瓦格纳大肆非难，甚至于竟指责他是犹太人。不过，他的一般看法和瓦格纳在《尼伯龙的戒指》里表露的一般看法依旧非常相像；尼采的超人酷似济格弗里特，只不过他是懂希腊文的。这点或许仿佛很古怪，但是罪不在我。

尼采在自觉上并不是浪漫主义者；确实，他对浪漫主义者常常有严厉的批评。在自觉上，他的看法是希腊式的，但是略去了奥尔弗斯教义成分。他佩服苏格拉底以前的哲学家们，毕达哥拉斯除外。他同赫拉克利特的思想有密切的亲缘关系。亚里士多德讲的“雅量人”非常像尼采所谓的“高贵人”，但是大体上说他认为自苏格拉底以下的希腊哲学家们都比不了他们的前辈。他无法宽恕苏格拉底出身卑贱；他把他称作“roturier（平民）”，并且斥责他以一种民主的道德偏见败坏雅典的贵族青年。尤其是柏拉图，由于他对教化的兴趣而受到尼采的谴责。不过尼采显然不十分高兴谴责他，所以为了原谅他，又暗示或许他并非真心实意，只是把美德当作使下层阶级守秩序的手段来提倡罢了。尼采有一回把柏拉图说成是个“了不起的卡留斯特罗”。他喜欢德谟克里特和伊壁鸠鲁，可是他对后者的爱慕如果不解释成其实是对卢克莱修的景仰，似乎有些不合道理。

可能预料得到，他对康德评价很低，他把他叫作“à laRousseau（卢梭式的）道德狂热者”。

尽管尼采批评浪漫主义者，他的见解有许多倒是从浪漫主义者来的；他的见解和拜伦的见解一样，是一种贵族无政府主义的见解，所以我们看到他赞美拜伦是不感诧异的。他打算一人兼有两组不容易调和的价值：一方面他喜欢无情、战争和贵族的高傲；另一方面他又爱好哲学、文学和艺术，尤其爱好音乐。从历史上看，这些种价值在文艺复兴时期曾经是共存的；尤理乌斯二世教皇既为勃罗纳而战，又任用米凯兰基罗，他或许可以当作尼采希望看到掌握政权的那种人。尼采和马基雅弗利这两人尽管有一些重要差别，拿尼采来跟马基雅弗利相比是很自然的。谈到差别：马基雅弗利是个办理实际事务的人，他的意见是由于和公务密切接触而形成的，同他的时代是协调的；他不迂阔，也不成体系，他的政治哲学简直不构成连贯的整体。反之，尼采是大学教授，根本上是个书斋人物，是一个与当时仿佛占优势的政治、伦理潮流有意识对立的哲学家。然而两人的相似点更深一层。尼采的政治哲学和《邦主鉴》（非《罗马史论》）里的政治哲学是类似的，固然是详细完成了，应用到较广的范围。尼采和马基雅弗利都持有一种讲求权力、存心反基督教的伦理观，固然在这方面尼采更为坦率。拿破仑对于尼采说来，就相当于凯萨·鲍吉亚对于马基雅弗利：一个让藐小的敌手击败的伟人。

尼采对各派宗教及哲学的批评，完全受着伦理上的动机的主使。他赞美他认为（这或许正确）在身为贵族的少数者才可能有的某种品质；依他的意见，多数者应当只是极少数人完成优越性的手段，不可认为他们有要求幸福或福利的独立权利。他提起普通人，习惯上称作“粗制滥造的”，假如他们的受苦受难对产生伟人是必需的，他认为这件事就无可反对。因而，从1789年到1815年这段时期的全部重要性都在拿破仑身上得到总结：“法国大革命使拿破仑得以出现，这就是它的正当理由。假使我们的全部文明混乱崩溃的结果会是这种报偿，我们便应该希求混乱崩溃。拿破仑使民族主义得以实现，这即是后者的理由。”他说，本世纪里差不多一切远大的希望都来自拿破仑。

他爱以逆理悖论的方式发表意见，目的是要让守旧的读者们震惊。他的做法是，按照通常含义来使用“善”“恶”二字，然后讲他是喜欢“恶”而不喜欢“善”的。他的《善恶之彼岸》（Beyond Good and Evil）这本书，实际上旨在改变读者关于善和恶的看法，但是除有些时候而外，它却自称是歌颂“恶”而贬斥“善”的。例如，他说把追求善胜利、恶绝灭这件事当成一种义务，是错误的；这是英国式的看法，是“约翰·斯图亚特·穆勒那个蠢蛋”的典型货色；他对穆勒这人是怀着特别恶毒的轻蔑的。关于穆勒，他说道：

“他讲‘对一个人说来正当的事，对另一个人说来也正当’；‘你不愿意旁人对你做的事，你也不要对旁人做’；说这些话使我对此人的庸俗感到憎恶。这种原则乐于把人与人的全部交道建立在相互效劳上，于是每一件行动仿佛都成了对于给我们所做的事情的现钱报酬。其中的假定卑鄙到极点：认为我的行动与你的行动之间在价值上有某种相当是理所当然的。”

跟传统美德相反的真正美德，不是为人人所有的，而始终应当是贵族少数者的特色。这种美德不是有利可图的东西，也不是叫人谨慎；它把具备它的人同其他人隔离开；它敌视秩序，加害于劣等人。高等人必须对庶民开战，抵制时代的民主倾向，因为四面八方都是些庸碌之辈携起手来，图谋当主人。“一切纵容、软化、和把‘民众’或‘妇女’举在前面的事情，都对普选制——也就是‘劣’民统治——起有利的作用。”引人入邪道的是卢梭，因为他把女人说得很有趣；其次是哈丽艾特·比彻·司托和奴隶们；其次是为工人和穷人而战的社会主义者。所有这些人都应当加以抵制。

尼采的伦理思想不是通常任何意义的自我放纵的伦理思想；他信仰斯巴达式的纪律，为了重大目标既有加给人痛苦的能力也有忍受痛苦的度量。他赞赏意志的力量甚于一切。他说：“我按照一个意志所能做出的抵抗的量和它所能忍受的痛苦与折磨的量来检验它的力量，并且我懂得如何对它因势利导。我不用斥责的手指着生存的罪恶和痛苦，反而怀着希望但愿有一天生活会变得比向来更罪恶、更充满苦痛。”他认为同情心是一种必须抵制的弱点。“目标是要达到那种庞大的伟大性的能力：能通过纪律而且也通过消灭千百万个粗制滥造者来塑造未来的人，然而却能避免由于看见因此而造成的、以前从未见过类似的苦难而趋向崩溃。”他带着某种狂喜预言将要有一个大战时代；我们不知道假使他活到了目睹他的预言实现，他是不是快乐。

不过，他并不是国家崇拜者；绝不是那种人。他是一个热烈的个人主义者，是一个信仰英雄的人。他说，整个一个民族的不幸还不如一个伟大个人的苦难重要：“所有这些小民的灾难，除了在强有力者的感情中以外，并不在一起构成一个总和。”

尼采不是国家主义者，对德国不表现过分赞赏。他希望有一个国际性的统治种族，要他们来做全世界的主人：“一个以最严酷的自我训练为基础的庞大的新贵族社会，在那里面有哲学思想的强权人物和有艺术才能的专制君的意志要给千秋万年打下印记。”

他也不是明确地抱有反犹太主义的人，不过他认为德国容纳着那么多的犹太人，再多便不能同化，所以不可允许犹太人继续内流。他讨厌《新约》，却不讨厌《旧约》，他用最高的赞美词句来谈《旧约》。为尼采说句公道话，我们必须强调，和他的一般伦理观点有某种关联的许多近代发展，同他明白表示的意见是相反的。

他的伦理思想的两点运用值得注意：第一是他对妇女的轻蔑；第二

是他对基督教的无情批判。

他永远不厌其烦地痛骂妇女。在他的拟预言体的著作《查拉图士特拉如是说》（*Thus Spake Zarathustra*）里，他说妇女现在还不能谈友谊；她们仍旧是猫，或是鸟，或者大不了是母牛。“男人应当训练来战争，女人应当训练来供战士娱乐。其余一概是愚蠢。”如果我们可以信赖在这个问题上他的最有力的警句：“你去女人那里吗？别忘了你的鞭子”，就知道战士的娱乐必是与众不同的一种娱乐。

他对妇女虽然总是同样地轻蔑，却并不总是这么凶猛。在《权力意志》（*Will to Power*）里他说：“我们对女人感到乐趣，像是对一种或许比较优美、比较娇弱、比较灵妙的动物感到乐趣一样。和那些心里只有跳舞、废话、华丽服饰的动物相会是多么大的乐事！它们向来总是每一个紧张而深沉的男性灵魂的快乐。”不过，就连这些美质也只有当女人被有丈夫气概的男人管束得老老实实的时候，在她们身上才找得到；她们只要一得到任何独立地位，就不可容忍了。“女人有那么多可羞耻的理由；女人是那么迂阔、浅薄、村夫子气、琐屑的骄矜、放肆不驯、隐蔽的轻率……迄今实在是因为对男人的恐惧才把这些约束和控制得极好。”他在《善恶之彼岸》中这样讲，在那里他并且又说，我们应当像东方人那样把妇女看成财产。他对妇女的谩骂全部是当作自明的真理提出来的，既没有历史上的证据也没有他个人经验中的证据以为支持；关于妇女方面，他个人的经验几乎只限于他的妹妹。

尼采对基督教的异议是它使人接受了他所说的“奴隶道德”。把他的议论和法国大革命之前法国philosophes（哲人们）的议论对照起来观察是很妙的。法国的philosophes主张基督教教义是不真实的；基督教教导人服从人所认为的神的意志，然而有自尊心的人却不应当向任何高级的权能低头；基督教会已经成了暴君的同盟者，正在帮助民主政治的仇敌否定自由，不停地绞榨穷人的膏血。尼采并不关心基督教或其他任何宗教在形而上学上是否真实；他深信没有一种宗教实际是真理，所以他完全从宗教的社会效果来评价一切宗教。他和philosophes意见一致，也反对服从假想的神意志，但是他却要拿现世的“有艺术才能的专制君”的意志代替神的意志。除这种超人外，服从是正当的，然而服从基督教的神却不正当。关于基督教会是暴君的同盟者和民主政治的仇敌，他说这恰恰是真相的反面。据他讲，法国大革命及社会主义从精神上讲和基督教根本是同一的，这些他同样都反对，理由也相同：即不管在任何方面他都不想把所有人当作平等的对待。

他说佛教和基督教都否定一个人和另一个人之间有任何根本的价值差别，从这个意义上讲都是“虚无主义的”宗教；但是二者当中佛教可非议的地方要少得多。基督教是堕落的，充满腐朽的粪便一般的成分；它的推动力就在于粗制滥造者的反抗。这种反抗是犹太人开头的，由不讲诚实的圣保罗那样的“神圣的癫痫患者”带进基督教里。“《新约》是十分卑鄙的一类人的福音。”基督教信仰是古今最要命的、最魅惑人的谎话。从来就没有一个知名人物和基督教的理想相像；例如，想一想普鲁塔克的《名人传》里的英雄们吧。基督教所以应该受到谴责，是因为它否定“自豪、有距离的哀愁、伟大的责任、意气昂扬、光辉的兽性、战争和征服的本能、炽情的神化、复仇、愤怒、酒色、冒险、知识”的价值。这一切都是好的，却都被基督教说成坏的——尼采这样主张。

他讲，基督教的目的是要驯化人心，然而这是错误的。野兽自有某种光彩，把它一驯服就失掉了。杜思退也夫斯基所结交的罪犯们比他好，因为他们比较有自尊心。尼采非常厌恶悔改和赎罪，他把这两件事称作foliecirculaire（循环的蠢事）。我们很难摆脱开关于人类行为的这种想法："我们是两千年来的活剖良心和自钉十字架的继承人。"有一段关于巴斯卡尔的很有动人力量的文字值得引下来，因为这段文字把尼采反对基督教的理由表现得最好不过：

"在基督教中我们反对的是什么东西呢？反对的是它存心要毁掉强者，要挫折他们的锐气，要利用他们的疲惫虚弱的时刻，要把他们的自豪的信心转化成焦虑和良心苦恼；反对的是它懂得怎样毒化最高贵的本能，使它染上病症，一直到它的力量、它的权力意志转而向内反对它自己——一直到强者由于过度的自卑和自我牺牲而死亡：那种让人不寒而栗的死法，巴斯卡尔就是最著名的实例。"

尼采希望看到他所谓的"高贵"人代替基督教圣徒的地位，但是"高贵"人绝不是普遍类型的人，而是一个有统治权的贵族。"高贵"人会干得出残忍的事情，有时也会干得出庸俗眼光认为是犯罪的事；他只对和自己平等的人才会承认义务。他会保护艺术家、诗人以及一切可巧精通某种技艺的人，但他是以自己属于比那种只懂得做点事的人要高的阶级中一员的资格来保护这些人的。从战士们的榜样，他会学会把死和他正在奋斗维护的主义连在一起；学会牺牲多数人，对待他的事业严肃到不饶人；学会实行严酷的纪律；学会在战争中施展暴虐和狡猾。他会认识到残忍在贵族优越性里所起的作用："几乎我们称作'高等教养'的一切东西，都以残忍性的崇高化和强化为基础。""高贵"人本质上是权力意志的化身。

对尼采的学说我们应该抱什么看法呢？这种学说有多大真实性呢？

有几分用处吗？里面有点什么客观东西吗？它仅仅是一个病人的权力幻想吗？

不可否认，尼采向来虽然没在专门哲学家中间、却在有文学和艺术修养的人们中间起了很大影响。也必须承认，他关于未来的种种预言至今证实比自由主义者或社会主义者的预言要接近正确。假如他的思想只是一种疾病的症候，这疾病在现代世界里一定流行得很。

然而他还是有许多东西仅仅是自大狂，一定不要理它。谈起斯宾诺莎，他说：“一个多病隐者的这种伪装暴露出多少个人怯懦和脆弱！”完全同样的话也可以用来说他自己，既然他毫不犹豫地这样说了斯宾诺莎，用来说他更不勉强。很明显，他在自己的白日梦里不是教授而是战士；他所景仰的人全都是军人。他对妇女的评价，和每一个男人的评价一样，是他自己对妇女的情感的客观化，这在他显然是一种恐惧情感。“别忘了你的鞭子”——但是十个妇女有九个要除掉他的鞭子，他知道这点，所以他躲开了妇女，而用冷言恶语来抚慰他的受创伤的虚荣心。

尼采谴责基督徒的爱，因为他认为这种爱是恐惧的结果：我害怕他人会伤害我，所以我使他确信我是爱他的。假使我坚强一些、大胆一些，我就会公然表示我对他当然要感到的轻蔑。一个人真诚地抱着普遍的爱，这在尼采看来是不可能的，显然是因为他自己怀有几乎普遍的憎恨和恐惧，他喜欢把这种憎恨和恐惧装扮成老爷式的冷淡态度。他的“高贵”人——即白日梦里的他自己——是一个完全缺乏同情心的人，无情、狡猾、残忍、只关心自己的权力。李尔王在临发疯的时候说：

*我定要做那种事——*
*是什么我还不知道——*
*但是它将成为全世界的恐怖。*

这是尼采哲学的缩影。

尼采从来没有想到，他赋予他的超人的那种权力欲本身就是恐惧的结果。不怕他人的人不认为有压制他人的必要。征服了恐惧的人们没有尼采所谓的“有艺术才能的专制君”那种尼罗王的疯狂性质，那种尼罗王尽力要享受音乐和大屠杀，而他们的内心却充满着对不可避免的宫廷政变的恐怖。我倒不否认，现实世界已经和尼采的梦魇非常相似了，这一部分也是他的学说的结果；但是这丝毫没有使那梦魇的恐怖性有所减轻。

必须承认，也有某类的基督教伦理，尼采的酷评对它可以用得上而公正合理。巴斯卡尔和杜思退也夫斯基——用尼采自己举的实例——在品德上都有某种卑劣的地方。巴斯卡尔为他的神牺牲了自己堂堂的数学才智，于是归给神一种野蛮残暴，那就是巴斯卡尔的病态精神痛苦的无限扩张。杜思退也夫斯基和“正当的自豪”是无缘的；他要犯罪，为的是来悔改和享受忏悔的快乐。我不想讨论这样的越轨行为有几分可以公正地归罪于基督教的问题，但是我要承认我和尼采有同感，认为杜思退也夫斯基的意气消沉是可鄙的。我也觉得，某种高洁和自豪，甚至某类的自以为是，都是最优良的品格中的要素；根源在于恐惧的美德没一件是大可赞赏的。

圣贤有两种：生来的圣贤和出于恐惧的圣贤。生来的圣贤对人类有一种自发的爱；他行好事是因为行好事使他幸福。反之，出于恐惧的圣贤像只因为有警察才不干偷窃的人一样，假使没有地狱的火或他人的报复的想法约束着他就会作恶。尼采只能想象第二种圣贤；由于他心中充满恐惧和憎恨，所以对人类自发的爱在他看来是不可能有的。他从来没有设想过有一种人，虽然具有超人的大无畏和倔强的自尊心，还是不加给人痛苦，因为他没有这样做的愿望。有谁会认为林肯采取他那种做法是由于害怕地狱吗？然而在尼采看来林肯是下贱的，拿破仑大大了不起。

还需要考察一下尼采所提出的主要伦理问题，即：我们的伦理应当是贵族式的呢？或者在某种意义上应当把一切人同样看待呢？这个问题照我刚才这样的提法，是一个意义不很明了的问题，所以显然第一步是要把问题弄明确一些。

我们首先务必把贵族式的伦理和贵族式的政治理论区别开。信奉边沁的最大多数人的最大幸福原则的人抱有民主的伦理思想，但是他也许认为贵族式的政体最能促进一般人的幸福。这不是尼采的见解。他认为平常人的幸福并不是善本身的一部分。本身就是善的或是恶的事情全都只存在于少数优越者方面；其余人遭遇的事是无足轻重的。

以下的问题是：少数优越者怎样下定义？实际上，这种人向来通常是战胜的氏族或世袭贵族，而贵族至少从理论上讲向来通常是战胜的氏族的后裔。我想尼采是会接受这个定义的。“没有好的出身就不可能有道德”，他这样告诉我们。他说贵族阶级最初总是野蛮人，但是人类的每一步向上都起因于贵族社会。

不明白尼采把贵族的优越性看成先天的呢还是教育和环境造成的。

如果是后者，那么把其他人排除在照假定说来他们同样有资格具备的有利条件之外，很难有道理可讲。所以我假定他认为战胜的贵族及其后裔比受他们统治的人在生物学上优越，就像人比家畜优越一样，不过程度较差罢了。

“在生物学上优越”要指什么意思呢？在解释尼采时，意思是指属于优越氏族的个人及其后裔在尼采讲的“高贵”的意义上更有可能是“高贵”的：他们会有较多的意志力量、较多的勇气、较多的权力冲动、较少的同情心、较少的恐惧、较少的温柔。

我们现在可以叙述一下尼采的伦理。我想以下的话是对他的伦理的公正的剖析。

战争的胜利者及其后裔通常比败北者在生物学上优越。所以由他们掌握全权、完全为他们自己的利益去处理事务是要得的。

这里还有“要得的”一词需要考虑。在尼采的哲学里什么是“要得的”呢？从旁观者的观点看来，尼采所谓的“要得的”东西就是尼采想要的东西。有了这个解释，尼采的学说不妨更干脆、更老实地用以下一句话来叙述：“我假若是生活在白里克里斯时代的雅典或梅狄奇时代的弗罗棱斯才好。”但是这不叫一种哲学；这是关于某个人的传记事实。“要得的”一词和“我想要的”并不是同义语；这个词要求某种普遍的立法定规，不管这要求多么不明确。有神论者可能说，要得的东西就是神想要的东西，但是尼采不会讲这话。他本来可以说他凭伦理的直观知道什么是善，可是他不要这样讲，因为这话康德气太重。把“要得的”一词加以推广，他所能讲的是这些话：“假如大家读我的著作，有一定百分数的人关于社会组织问题就会和我有同样的愿望；这些人在我的哲学会给予他们的精力和决心的激励下，能够保全和复兴贵族社会，由他们自己作贵族或（像我一样）作贵族的阿谀者。这样他们就会得到比作为人民的仆从能够有的生活更充实的生活。”

尼采思想里还有一个成分，和“彻底个人主义者”极力主张的反对工会的理由非常相近。在所有人对所有人的斗争中，胜利者可能具有尼采赞赏的某些品质，例如勇气、多谋和意志的力量。但是，如果不具备这些贵族品质的人们（他们是绝大多数）团结一致，他们尽管各个人是低劣的也可能得胜。在这场canaille（愚民）集体对贵族的斗争中，就像法国大革命曾经是战斗的前线，基督教是意识形态的前线。因此我们应该反对个体软弱者之间的一切联合，唯恐他们的集合力量会压倒个体强者的集合力量；另一方面，我们应该促进人口当中强韧而雄健的分子之间的联合。创始这种联合的第一个步骤就是宣扬尼采哲学。可见要保留伦理学和政治学的区别不是一件容易事。

假如我们想——我确实想——找到一些反驳尼采的伦理学和政治学的理由，究竟能找到什么理由呢？

有一些有力的实际理由，说明如果打算达到他讲的目标，实际上会达到完全不同的情况。门阀式的贵族现在已经声名扫地了；唯一行得通的贵族社会形式就是像法西斯党或纳粹党那样的组织。那样的组织激起人们的反对，在战争中可能是要被打败的；但是它假如没有被打败，不久以后必定成为一个十足的警察国家，国家里的统治者们生活在暗杀的恐怖中，英雄人物都进了集中营。在这种社会里，信义廉耻被告密破坏一光，自封的超人贵族阶级蜕化成一个战战兢兢的懦夫的集团。

不过，这些只是现代讲的道理；在贵族政治不成为问题的过去时代，这些道理就不会是适用的。埃及的政府照尼采式的原则管理了几千年。直到美国独立和法国大革命为止，几乎所有的大国的政府都是贵族政府。因此，我们必须问问自己，我们不喜欢一种有这样悠久的成功历史的政体而喜欢民主制，有没有什么充实理由；或者，因为我们谈的不是政治而是哲学，更不如问排斥尼采借以维护贵族政治的那种伦理，有没有客观根据。

和政治问题相对而言的伦理问题，是一个关于同情心的问题。按别人的痛苦使自己不乐这种意义来讲，同情心多少总是人天然固有的；幼小的孩子听见旁的孩子哭自己也苦恼。但是这种感情的发展在不同的人大不相同。有些人以加给别人苦楚为乐；也有些人，就像如来佛，感觉只要还有任何生灵在受苦，他们就不可能完全快乐。大多数人在感情上把人划分成敌和友，对后者抱同情，对前者不抱同情。像基督教或佛教的伦理那样的伦理，其感情基础是在普遍同情上；尼采的伦理，是在完全没有同情上。（他常常宣扬反对同情的论调，在这方面我们觉得他不难遵守自己的训条。）问题是：假使如来佛和尼采当面对质，任何一方能不能提出来什么该打动公平听者的心的议论呢？我所指的并不是政治议论。我们可以想象他们像在《约伯记》第一章里那样，出现在全能者面前，就神应当创造哪一种世界提出意见。两人各会说些什么呢？

如来佛会开始议论，说到麻风患者被摈弃在社会之外，悲惨可怜；穷人们，凭疼痛的四肢劳苦奔波，靠贫乏的食物仅仅维持活命；交战中的伤员，在缠绵的痛苦中死去；孤儿们，受到残酷的监护人的虐待；甚至最得志的人也常常被失意和死的想法缠住心。他会说，必须找出一条超脱所有这些悲哀负担的道路，而超脱只有通过爱才能够达到。

尼采这个人只有全能的神才能够制止他半途插话，当轮到他讲的时候，他会突然叫道："我的天哪，老兄！你必须学得性格坚强些。为什么因为琐屑的人受苦而哭哭啼啼呢？或者，因为伟大人物受苦而你这样做呢？琐屑的人受苦也受得琐屑，伟大人物受苦也受得伟大，而伟大的痛苦是不该惋惜的，因为这种痛苦是高贵的。你的理想是个纯粹消极的理想——没有痛苦，那只有靠非存在才能完全达到。相反，我抱着积极的理想：我钦佩阿尔西拜阿底斯、弗里德里希二世皇帝和拿破仑。为了这样的人，遭什么不幸都值得。主啊，我向你呼吁，你这位最伟大的创造艺术家可不要让你的艺术冲动被这个不幸的精神病人的堕落的、恐怖笼罩下的顺口唠叨抑制住。"

如来佛在极乐世界的宫廷里学习了自他死后的全部历史，并且精通了科学，以有这种知识为乐，可是为人类对这种知识的使用法感觉难过；他用冷静的和蔼态度回答："尼采教授，您认为我的理想是纯粹消极的理想，这是您弄错了。当然，它包含着一种消极成分，就是没有痛苦；但是它此外也有积极东西，和您的学说中见得到的一样多。虽然我并不特别景仰阿尔西拜阿底斯和拿破仑，我也有我的英雄：我的后继者耶稣，他叫人去爱自己的敌人；还有那些发现怎样控制自然的力量、用比较少的劳力获取食物的人；那些告诉人如何减少疾病的医生；那些瞥见了神的至福的诗人、艺术家和音乐家们。爱和知识和对美的喜悦并不是消极；这些足够充满历来最伟大的人物的一生。"

尼采回答："尽管如此，你的世界总还是枯燥无味的。你应当研究研究赫拉克利特，他的著作在天国图书馆里完整地保存下来了。你的爱是怜悯心，那是由痛苦所勾动的；假使你老实，你的真理也是不愉快的东西，而且通过痛苦才能认识它；至于说美，有什么比赖凶猛而发出光辉的老虎更美呢？不行，如果我主竟然决断你的世界好，恐怕我们都会厌烦得死掉了。"

如来佛回答："您也许这样，因为您爱痛苦，您对生活的爱是假爱。但是真正爱生活的人在我的世界里会感到现世界中谁也不能有的那种幸福。"

至于我，我赞同以上我所想象的如来佛。但是我不知道怎样用数学问题或科学问题里可以使用的那种论证来证明他意见正确。我厌恶尼采，是因为他喜欢冥想痛苦，因为他把自负升格为一种义务，因为他最钦佩的人是一些征服者，这些人的光荣就在于有叫人死掉的聪明。但是我认为反对他的哲学的根本理由，也和反对任何不愉快但内在一贯的伦理观的根本理由一样，不在于诉诸事实，而在于诉诸感情。尼采轻视普遍的爱，而我觉得普遍的爱是关于这个世界我所希冀的一切事物的原动力。他的门徒已经有了一段得意时期，但是我们可以希望这个时期即将迅速地趋于终了。